НА ДНЕ

JN148356

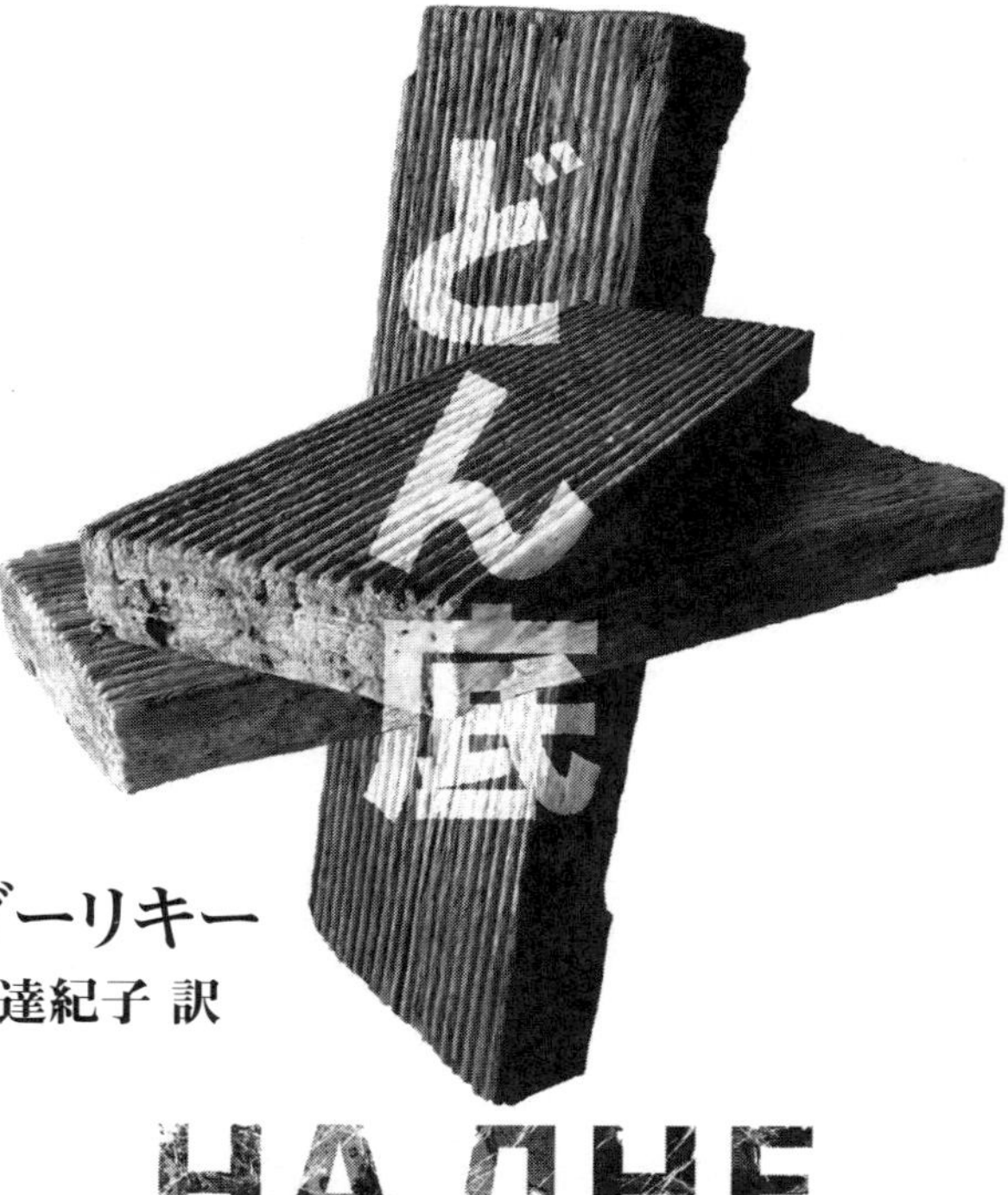

ゴーリキー

安達紀子 訳

НА ДНЕ

Максим Горький

群像社

コンスタンチン・ペトローヴィチ・ピャトニツキーに捧ぐ

目次

2幕と4幕の歌

（ゆっくりと、とても静かに）
あ～け て も く れ て～も～ ろ～う や は く ら い～
ひる よる ろ う ば ん え～ いく そ～ あ あ～ ああ あ
わ が ま ど み は る～ か～っ て に み は れ ～
お～ い ら は に げ ぬ～ しゃ～ばに で た い が
あ～ あ く そ～ く～さ り が き れ ぬ～

どん底（四幕）

登場人物

イワノフ＝コスティリョフ　ミハイル。五四歳、木賃宿の亭主
ワシリーサ・カルポヴナ　コスティリョフの妻、二六歳
ナターシャ　ワシリーサの妹、二十歳
メドヴェージェフ〔熊の意味〕アブラーム。ワシリーサとナターシャの伯父、警官、五十歳
ペーペル　ワーシカ〔正式名ワシーリー〕。二八歳
クレーシィ〔ダニの意味〕アンドレイ・ミートリチ。錠前屋、四十歳
アンナ　クレーシィの妻、三十歳
ナスチャ　未婚の娘、二四歳
クヴァシニャ　餃子〔ペリメニ〕売りの女、四十歳近い
ブブノフ　帽子造りの職人、四五歳
男爵　三三歳
俳優
サーチン　ほぼ同じ年代で四十歳前後
ルカ　巡礼、六十歳
アリョーシカ　靴屋、二十歳
クリヴォイ・ゾブ　荷担ぎ人夫
ダッタン人　荷担ぎ人夫
名前もセリフもない数人の浮浪者

＊〔〕は訳註

第一幕

洞窟のような地下室。いかにも重そうな、石造りの丸天井は煤だらけで、漆喰が剥げ落ちている。客席からの照明と、右側の四角の窓から射し込み、上から下へ落ちていく光。右の隅は仕切りで囲われたペーペルの部屋で、その部屋の戸口近くにブブノフの板寝床がある。左の隅には大きなロシアの暖炉〔ペチカ〕があり、左側の石造りの壁には、クヴァシニャ、男爵、ナスチャが住む台所に通じるドアがある。暖炉とドアのあいだに、汚れた更紗のカバーで覆われた大きなベッドが壁の近くに置かれている。壁際の至るところに板寝床がある。万力と小さな鉄敷《かなしき》が取り付けられた切株があり、それより低いところにもう一つ切株がある。その低い方の切り株に、鉄敷を目の前にしてクレーシィが座り、いくつかの鍵を古い錠前に合わせている。彼の足元には、さまざまな鍵を針金に通した大きな束が二つ、ひしゃげたブリキのサモワール、そして金槌とやすりが転がっている。木賃宿の中ほどには大きなテーブル、二つのベンチ、背もたれのない腰掛けが置かれているが、すべてペンキが剥げて、汚れている。テーブルに向かって座っているクヴァシニャが、サモワールのそばで食卓の準備をし、男爵は黒パンを食べている。腰掛に座っているナスチャはテーブルに肘を付き、ぼろぼろになった本を読んでいる。カバーに覆われたベッドでアンナが咳をしている。ブブノフは板寝床にすわり、ズボンをほどいた古布を、膝に挟んだ帽子の型にあてがいながら、どう裁断したらよいか考えている。彼の傍らには、帽子のひさしにするためにちぎられたボール紙、防水布のきれはし、ぼろ布が転がっている。たったいま目覚めたサーチンは板寝床に横たわり、唸り声をあげている。暖炉の上で姿は見えないが、俳優が動きまわったり、咳をしたりしている。

早春。朝。

男爵 それで！ 続きは？

クヴァシニャ いやだって言ってるだろ、あんた、その話ならまっぴらごめんさ。あたしゃもうさんざん嫌なめに遭ったんだから……いまじゃもう、ご馳走しこたま積まれたって、お嫁にゃあいかないよ！

ブブノフ （サーチンに）なにブーブー言ってんだ？

サーチン、唸る。

クヴァシニャ いいかい、あたしゃ自由な女さ。好き勝手に生きるんだ。どっかの男の籍に入って、生涯、身を捧げるなんて、まっぴらごめんだ！　アメリカの王子さまにだって、嫁ぐもんか。
クレーシィ　嘘つけ！
クヴァシニャ　なんだってえ？
クレーシィ　嘘ついてらあ。巡査のアブラームと結婚すんだろ……
男爵　（ナスチャから本をひったくると、題名を読み上げる）『宿命の恋』か……（笑い声をあげる）
ナスチャ　（手を伸ばす）返してよ……返してったら！　ねえ……からかうのはやめて！

男爵は宙で本を振りながらナスチャを見ている。

クヴァシニャ　（クレーシィに）この赤毛のろくでなしが！　しゃらくさい、嘘つきめ！　よくもこのあたしにそんな生意気な口がきけるね！
男爵　（ナスチャの頭を本でたたきながら）おまえはバカだよ、ナスチャ……
ナスチャ　（本を取り上げようとする）返して……
クレーシィ　偉いもんだぜ、奥方さま！……で、アブラームと結婚すんだろ……それぱっかり待ってんだろ……
クヴァシニャ　もちろんさ！　あたりまえだ……当然だろ！　あんたなんか、奥さん、半殺しの目に遭わせたくせに……

クヴァシニャ　黙れ、ばばあ！　おめえには関係ねえよ……

クレーシィ　あらまあ、ほんとのこと言われると我慢できないんだ！

男爵　また始まった！　ナスチャ、おまえ、どうしたんだ？

ナスチャ（頭をあげずに）なにさ？……あっち行ってよ！

アンナ（カーテンのかげから頭を出して）また一日が始まったんだね！　お願いだから……叫ばないでよ……怒鳴り合いはやめておくれよ！

クレーシィ　ぐちぐち言いはじめやがった！

アンナ　毎日、毎日これだ！　死ぬときぐらい、穏やかに死なせてよ！……

ブブノフ　うるさくったって、別に死ぬ邪魔にはならないだろ……

クヴァシニャ（アンナに近寄りながら）あんた、よくこんな悪いやつと一緒に生きてられるねえ。

アンナ　ほっといて……ほっといてよ……

クヴァシニャ　わかった、わかった！　ああ、あんた……我慢強いねえ！……胸のほうは楽になんないのか？

男爵　クヴァシニャ！　市場に行く時間だぞ……

クヴァシニャ　いま行くよ！　（アンナに）あったかーい餃子、食べるかい？

アンナ　いらないよ……せっかくだけど。食べたってしょうがないもん。

クヴァシニャ　食べたらいいよ。あったかいもの食べると落ち着くよ。茶碗にとっとくから……欲しくなったら、食べな！　男爵、行こう……（クレシーィに）この鬼め……（台所に退場）

アンナ（咳をしながら）ああ神さま……

男爵（ナスチャの首の後ろをそっとこずく）やめとけよ……バカ女！

ナスチャ（呟く）あっち行ってよ……別にあんたの邪魔はしてないよ。

男爵は口笛を吹きながら、クヴァシニャに続いて退場。

サーチン（板寝床から起き上がりながら）昨日、俺をぶったのは誰だい？

ブブノフ　誰だっていいじゃねえか。

サーチン　まあそうだとしても……何でまたぶたれたんだ？

ブブノフ　トランプはやったかい？

サーチン　やった……

ブブノフ　そのせいでぶたれたんだ……

サーチン　悪党どもが……

俳優（暖炉の上から顔を出して）いつかおまえ、こてんぱんに殺《や》られちまうぞ……死ぬほどな……

サーチン　おまえは間抜けだ。

俳優　なんでだ？
サーチン　なんでって、二回殺すのは無理だからさ。
俳優　（ちょっと黙ってから）わからないなあ、なんで無理なんだ？
クレーシィ　それより暖炉から降りて、部屋を片づけろ……何のらくらしてんだ？
俳優　おまえの知ったことか！……
クレーシィ　いまにワシリーサが来て、誰の知ったことか教えてくれるぜ……
俳優　ワシリーサなんかクソ食らえだ！　今日の掃除当番は男爵だ……男爵！
男爵　（台所から出てきて）掃除なんかしてる暇ないよ……クヴァシニャと市場に行くんだ。
俳優　それは、おれの知ったこっちゃない……勝手に懲役にでも何にでも行ってくれ……ただし、床掃除はおまえの番だぞ……人の分まで働くなんて真っ平だ……
男爵　ふん、勝手にしろ！　ナスチャが掃いてくれるさ……おい、おまえ、宿命の恋女！　目を覚ますんだ！（ナスチャから本を取り上げる）
ナスチャ　（立ち上がりながら）どういうつもり？　返して！　このごろつき！　それでも男爵なの……
男爵　（本を返しながら）ナスチャさま！　僕の代わりに床を掃いてくれよ、いいだろ？
ナスチャ　いやなこった……なんであたしが！
クヴァシニャ　（台所のドア口で、男爵に）あんた、行くよ！　あんたがいなくったって、掃除ぐらい誰かやるさ……大根くん！　頼まれたんだから、あんたがやんなよ……まさか、骨が折れたりするわけじゃあるまいし！

俳優　あーあ……いつもおれだ……どうしてなんだ……

男爵　（台所から天秤棒に籠をつるして持ってくる。籠にはぼろ布で包まれた壺が入っている）きょうはやけに重いなあ……

サーチン　男爵に生まれてきただけのことはあらあねえ……

クヴァシニャ　（俳優に）あんた、いいね、掃除しとくんだよ！（男爵を先に通した後、玄関に出る）

俳優　（暖炉から降りながら）ほこりを吸うのは俺の身体に悪い。（誇り高く）俺のオルガニズム〔人体〕はアルコールに蝕まれてるんだ……（板寝床にすわって物想いに耽る）

サーチン　オルガニズム……オルガノン〔方法論的原則〕……

アンナ　ねえ、あんた……

クレーシィ　まだ何かあんのか？

アンナ　クヴァシニャさんがあたしにとっといてくれた餃子がそこにあるから……あんたが食べて……

クレーシィ　（アンナに歩み寄って）じゃ、おまえは食わねえのか？

アンナ　欲しくない……食べったってしょうがないもの。あんたは働いてんだから……あんたが食べなきゃ……

クレーシィ　怖いのか？　怖がることたあねえ……ひょっとすると、おまえ、また……
アンナ　食べといでよ！　苦しい……きっと、もうすぐお迎えがね……
クレーシィ（離れて）大丈夫さ　ひょっとして、また起きられるかもな……そういうことだってあるさ！（台所に去る）
俳優（急に目覚めたかのように大声で）昨日、診療室でドクターがおれに言ったよ、あなたのオルガニズムは完全にアルコールに毒されてますって……
サーチン（にっこりしながら）オルガノン……
俳優（執拗に）オルガノンじゃなくてオルガニズムだ。
サーチン　野蛮人のシカムブルでもいいさ……
俳優（サーチンをさえぎるように手をひと振りする）あー、ふざけるなよ！　おれは真面目に話してるんだ……そうだよ。もしオルガニズムが毒されていたら……つまり、床を掃くのは身体に毒だ……ほこりを吸うのは毒だ……
サーチン　不老長寿のマクロバイオーチックか……はあ！
ブブノフ　なにぶつぶつ言ってやがんだ？
サーチン　言葉さ……あっ、こういうのもあるぞ……トランス・スツェデンターリヌイ、先験的ってな……
ブブノフ　なんじゃそれ？

サーチン　わかんねえ……忘れちまった……
ブブノフ　だったら、なんで言うんだ？
サーチン　何となくさ……おれ、嫌になっちまったんだよ、人間の言葉が何もかも……おれたちの言葉がみーんな、嫌になっちまったんだ！　言葉という言葉を……たぶん千回は聞いたなあ……
俳優　『ハムレット』の芝居のなかで「言葉、言葉、言葉」っていうセリフがあるよ。いい芝居だ……おれは墓掘り人の役をやったんだ……
クレーシィ　（台所から出てきて）てめえ、さっさと箒《ほうき》持って掃除人の役やってくれよな。
俳優　おまえの知ったことか（自分の胸を手でたたく）「オフィーリヤよ！　ああ……おまえの祈りのなかで、私のことも祈っておくれ!!……」

舞台裏のどこか遠くから鈍い騒音、叫び声、警察官の笛の音。
クレーシィは仕事をしており、やすりでキイキイ音を出している。

サーチン　わけのわからない、珍しい言葉が好きなんだ……少年だったころ、電信局に勤めてた……おれ、たくさん本を読んだんだぞ……
ブブノフ　おまえ、電信局にいたのか？

サーチン　そうさ……（薄笑いを浮かべながら）ずいぶんいい本があったし……おもしろい言葉もいっぱいあったなあ……おれは教養のある人間だったんだ……わかるか？
ブブノフ　それは聞いた……百遍もな！　ふん、昔はそうだったってか……なんだい、くだらねえ！……それこそ、おれだって、毛皮屋だったんだぜ……自分の店、持ってたんだ……おれの手は見事な黄色だった、染料のせいでな。毛皮を染めていたからな。おめえ、肘のところまでまっ黄色だったんだぞ！　おらあ、思ったよ、こりゃ死ぬまでとれないってな……このまま黄いろい手で死ぬんだって……ところが今じゃ、ほうら、おれの手は……ただ汚ねえだけだ……そうさな！
サーチン　それがどうしたってんだ？
ブブノフ　それだけのことさ……
サーチン　じゃなんで、そんな話するんだ？
ブブノフ　別に……ものの喩《たと》えさ……つまりな、いくら外から自分を塗りたくっても、ぜんぶとれちまうんだ……ぜーんぶとれちまうんだ、そういうことだ！
サーチン　あー……節々が痛ぇ！
俳優　（両手で膝を抱えてすわっている）教養なんか糞食らえだ、大事なのは才能だ。おれが知っていた俳優なんて……セリフはなかなか入らなかったけど、主役を演じさせたら……観客が喜んだのなんのって、客席が湧き返って、劇場がひっくり返るぐらいの大騒ぎだったよ……

サーチン　ブブノフ、五コペイカ貸してくれよ！
ブブノフ　有り金、二コペイカしか持ってねえ……
俳優　才能だって言ってるんだ、主役に必要なのはこれなんだ。才能ってのはな、自分を信じることなんだ、自分の力を信じることなんだよ……
サーチン　五コペイカ貸してくれよ。そしたら、おまえさんは才能があって、主役の英雄で、ワニのクロコダイルで、署長閣下だって思い込んでやる……クレーシィよう、五コペイカ貸してくれよ！
クレーシィ　あっち行けぃ！　ここの連中は、こういうやつらばっかりだ……
サーチン　なに怒ってんだ？　おめえが一文無しなのは、知ってらあ……
アンナ　あんた……息苦しいよう……苦しいよう……
クレーシィ　おれにどうしろってんだ？
ブブノフ　玄関の戸を開けてやればいい……
クレーシィ　わかった！　てめえは寝床の上だけど、こっちは地べたに座ってんだぞ……おれに寝床をくれるってんなら、開けてもいいぞ……おれは、そうでなくったって風邪ひいてるんだ……
ブブノフ（穏やかに）おれは開けろなんて言ってないぜ……おめえの女房が頼んでんじゃねえか……

クレーシィ　（憂鬱そうに）頼んだからどうだってんだ……
サーチン　頭がずきずきする……ああっ！　なのに、人間どもは、そのうえ何で頭を殴り合うんだ？
ブブノフ　頭だけじゃねえ、身体のどこもかしこも殴るのさ。（立ち上がる）糸を買いに行かなきゃ……きょうはどういうわけか亭主夫婦がぜんぜん顔を見せねえなあ……くたばっちまったのかねえ。（退場）

アンナ、咳をする。サーチンは両手を頭の下にして、じっと横たわっている。

俳優　（憂鬱そうにあたりを見廻すと、アンナのほうへ歩み寄る）どうした？　苦しいのか？
アンナ　息苦しいの。
俳優　玄関まで連れて行ってやろうか？　さあ、立って。（アンナが起き上がるのを助け、肩に何か古着をかけてやる。支えながら玄関まで連れて行く）さあ、さあ、しっかり！　おれだって病気なんだ……アルコールに侵されてるんだ
コスティリョフ　（戸口で）お散歩かい？　いやあ、お似合いだねえ。オス山羊さんとメス山羊さんのカップルみたいだ……
俳優　どいてくれよ……病人さまのお通りだ。

コスティリョフ　どうぞお通りなすって……（何か讃美歌のようなものを鼻歌で歌いながら、うさんくさそうに木賃宿を眺めまわし、ぺーぺルの部屋の気配をうかがうように頭を左に傾ける）

クレーシィは怒ったように鍵をがちゃがちゃ言わせ、亭主を横目で追いながらやすりをキイキイやっている。

コスティリョフ　またキイキイやってんのか？
クレーシィ　何だって？
コスティリョフ　キイキイやってんのかって言ったんだよ。

間。

コスティリョフ　それで……ええっと……何を聞きたかったんだっけ？（すばやく小声で）おれの女房、ここに来なかったか？
クレーシィ　いや、見かけねえな……
コスティリョフ　（そうっとぺーぺルの部屋のドアのほうに近づきながら）ひと月たったの二ルーブリってのに、おまえずいぶん場所とってやがるな！　ベッドを置いてるくせに……自分は別の場所にすわってやがる。こりゃ本当のところ五ルーブリはするぜ！　五十コペイカは値上げせにゃあな……

クレーシィ　おれの首に縄をかけて絞め殺そうってんのか……棺桶に片足突っ込んでるくせに、ちっぽけな金のことばっか考えてやがる……

コスティリョフ　おまえを締め殺して何になる？　誰の得にもならないさ。達者で生きて、楽しくやりゃあいい……おまえの家賃を五十コペイカ値上げして、それでお灯明の油を買おうってのさ……イコンの前でおれのお供えが灯《とも》りゃ……おれの罪ほろぼしになるし、おまえの罪ほろぼしにもなる。おまえは自分の罪なんて考えたこともねえよなあ……そうなんだろ……ああ、クレーシィくんよ、おまえは悪党だねえ。おまえが罪深いから、女房もあんな病気になっちまったんだ……おまえのことなんか、だーれも好きじゃねえし、尊敬もしねえ……おまえの仕事ときたらキイキイうるさくて、はた迷惑だ。

クレーシィ（叫ぶ）なんだ、てめえ……いやがらせに来たのか？

サーチン、大きな声で唸る。

コスティリョフ（ぶるっと震えて）おい、なんだよ、おまえ……

俳優（登場）玄関にかみさん寝かせて、しっかりくるんどいてやったよ。

コスティリョフ　なんて優しいやつなんだ、おまえは！　いいことしたな……そういうのはぜんぶ、おまえに返ってくるんだ……

俳優　それはいつだ？

コスティリョフ　あの世でだよ、おまえさん……あの世じゃあ、この世でやったことがすべて、自分に返ってくるのさ……

俳優　それより、あんたが今ここで、おれの親切に報いてくれたらいいんだけどなあ……

コスティリョフ　そんなこと、できるか！

俳優　借金を半分にしとくれよ……

コスティリョフ　おいおい！　いっつも冗談ばっかり、ぼっちゃんよぉ、いっつもふざけてばっかりだな……親切心は金で買えるもんじゃねえ！　親切心てのは、どんな財宝よりも尊いもんだ。だがな、おまえの借金はどこまで行っても借金なんだ！　だから、あくまでも返してもらわなきゃなんねえ……それに、おれのような年寄りには、見返りなんか求めず、親切にするのが当たり前だろうが……

俳優　このペテン師の耄碌《もうろく》じじい……（台所に去る）

クレーシィ、立ち上がって、玄関に去る。

コスティリョフ（サーチンに）キイキイ野郎か？　逃げやがったな、ヘッヘッ！　あいつ、おれが嫌いなんだ……

サーチン　悪魔以外に、あんたのこと、好きなやつなんているのかい？

コスティリョフ（嘲るように笑いながら）まったく口の悪いやつだ！　だがな、おれはおまえたちがみんな大好きさ……おまえたちが不幸せで、役立たずで、落ちぶれた連中だってことはわかってるけどな……（突然、早口で）ところで……ペーペルは家にいるのか？

サーチン　のぞいてみな……

コスティリョフ（戸口に近寄ってノックする）ペーペル！


俳優、台所から戸口に現われる。何か食べている。

ペーペル　誰だ？
コスティリョフ　ペーペル！　おれだよ……おれ。
ペーペル　何の用だ？
コスティリョフ（脇に移動しながら）開けろよ……
サーチン（コスティリョフを見ないで）開けたら、そこには女房がいるってことよ……

俳優、鼻息が荒くなる。

コスティリョフ　（心配そうに、小さな声で）なんだって？　誰がいるんだって？　おまえ……何て？

サーチン　何だよ？　おれに聞いてんのか？

コスティリョフ　いま何て言ったんだ？

サーチン　なあに……独りごとさ……

コスティリョフ　おまえ、いい加減にしろよ！　冗談にもほどがある……そうだろ！（強くドアをノックする）ワシーリー・ペーペル！……

ペーペル　（ドアを開けながら）なんだい？　何の騒ぎだ？

コスティリョフ　（部屋の中を覗きながら）おれは……ちょっと……おまえに……

ペーペル　金、持ってきたか？

コスティリョフ　おまえに用があるんだ……

ペーペル　金、持ってきたのか、え？

コスティリョフ　何のことだ？　ちょっと待て……

ペーペル　金だよ、七ルーブリ、時計代だろうが？

コスティリョフ　ペーペル、何の時計だ？……あー、おまえは……

ペーペル　おい、とぼけんな！　きのう、みんなのいる前で、おまえに時計を十ルーブリで売ってやったじゃないか……三ルーブリはもらったから、あとの七ルーブリよこせ！　なに目ん玉パチクリさせてやがんだ？　うろうろして人の邪魔ばっかしやがって……てめえのすることたあ、忘れてやがる……

コスティリョフ　シーッ！　怒るなよ、ペーペル……時計は、あれは……

サーチン　盗んだものよ……

コスティリョフ　（厳しく）盗んだものはいらねえ……よくもしゃあしゃあと……

ペーペル　（コスティリョフの肩をつかむ）おめえ、なんで邪魔しに来た？　何の用だ？

コスティリョフ　いや……おれは、何も……もう、帰るぜ……おめえがそう、つっけんどんなら……

ペーペル　帰《けえ》って、金もってきやがれ！

コスティリョフ　（立ち去っていく）なんて荒っぽいやつらだ！　いやいやいや……

俳優　こりゃ喜劇だな！

サーチン　おもしれえや！　こいつぁ、わくわくするね。

ペーペル　あいつ、ここに何の用なんだ？

サーチン　（笑いながら）わかんねえのか？　女房、探しに来たのさ……おめえ、なんで、やつを殴り殺しちまわないんだ、ペーペル？

ペーペル　あんなろくでなしのために一生を棒に振れるか……

サーチン　そこはおめえ、かしこくやれよ。後でワシリーサと一緒になりゃあ……われらがご亭主さまだ……

ペーペル　けっこうな幸せでねえか！　おめえら、おらの所帯ばかりか、こっちが人のいいのにつけこんで、おらの骨まで飲んじまうんだろ……（板寝床に腰かける）あの老人ぼけの鬼じじい……起こしやがって……おら、いい夢を見てたんだがなあ。おらが魚釣りをしてたら、すごくでっけえコイみたいなやつがかかってたのさ！　あんなどでかい魚、夢でしかお目にかかれないぜ！　竿を構えて……さあ、今だってときに……

サーチン　そりゃ魚じゃなくて、ワシリーサだったんだ……

俳優　ワシリーサなら、こいつ、もうとっくに捕まえちまってるよ……

ペーペル　（腹を立てて）おめえらとっとと消えうせろ……ワシリーサも一緒に消えちまえ！

クレーシィ　（玄関から入ってくる）ひでえ寒さだ……こりゃ犬っころも死んじまうぜ……

俳優　なんでアンナを連れてきてやらなかったんだ？　凍えちまうぞ……

クレーシィ　ナターシャが台所の自分のとこに連れてってくれた……

俳優　あのじじいが、追い出しちまうぞ。

クレーシィ　（仕事をするために腰かけながら）まあ……ナターシャが連れて来てくれるだろう……

サーチン　ペーペル。五コペイカくれよ……

俳優　（サーチンに）へん、おまえ……五コペイカと来たか！　ペーペル！　おれらに二十コペイカおくれよ

ペーペル　早くやっちまわないとな……一ルーブリと言われねえうちに……ほら！

サーチン　すげえなあ！　この世に、泥棒にまさる人間なんていねえぜ！

クレーシィ　（陰鬱そうに）泥棒どもには簡単に金が入る……やつら、仕事もしねえでよ……

サーチン　やすやすと金を稼ぐやつらは大勢いるけど、やすやすと金を手放すやつらは、そうそういないってことさ……仕事だって？　仕事が楽しいようにしてくれりゃ、おれも働くかもしれん……そうとも！　もしかしたらな！　仕事が楽しけりゃ、人生、薔薇色！　仕事が義務になっちまったら、奴隷の人生だ！（俳優に）おい、サルダナパール〔伝説上のアッシリアの王〕！　行こうぜ……

俳優　よし行こう、ネブカドネザル〔古代バビロンの暴君〕！　思いっきり飲もうぜ、酔っ払い四万人分な……

退場。

ペーペル　（あくびしながら）おめえのかみさん、どうだ？

クレーシィ　もう長くはないな……

間。

ペーペル　おめえ見てるとな、あんなにキイキイやるこたねえって思うぜ。

クレーシィ　じゃあ、どうすりゃいいんだ？

ペーペル　なにもしねえのさ……

クレーシィ　じゃあ、どうやって食っていくんだ？

ペーペル　どいつもこいつも生きてるじゃねえか……

クレーシィ　ここのやつらか？　あいつら、どういう人間だ？　ぼろくずの浮浪者どもじゃねえか……あいつらが人間だって！……おれは手に職のある人間だ……おれはやつらを見てると恥ずかしい……おれは幼い頃から働いてるからな……おれが何でここからずらからねえのかって、思ってるんだろ？　ずらかってやるとも……皮をひんむいてでも、ずらかってやるさ……ちょっくら待って……女房が死んじまったらな……おれ、ここで半年、暮らしただけなのに……もう六年もいるみたいな気がするんだ……

ペーペル　ここの連中の誰ひとり、おめえよりひでえわけじゃないぜ……でたらめ言うなよ……

クレーシィ　おれよりひどくねえってのか！　良心もプライドもなしに生きてるやつらがか……

ペーペル　（関心なさそうに）良心やプライドがどうだってんだ？　長靴代わりに、そんなのを履いて歩くわけにもいかねえよ……良心にしろ、プライドにしろ、権力や力を持ってる人間にだけ必要なものさ……

ブブノフ　（登場）うう……冷えるなあ！

ペーペル　ブブノフ！　おまえ、良心ってやつを持ってるか？

ブブノフ　なんだって？　良心だって？

ペーペル　そうさ！

ブブノフ　良心なんて何になる？　おれ、金持ちでもねえし……

ペーペル　そうとも、おらも同じこと言ってんだ。良心やプライドは金持ちに必要なものさ、そうだろ！　ところがクレーシィときたら、おらたちを非難して、おらたちにゃ良心がないって言いやがる……

ブブノフ　じゃなにか、こいつは人から良心を借りたいってのか？

ペーペル　やつは良心のかたまりだとさ……

ブブノフ　つまり良心を売ろうってのか？　へん、ここじゃ誰がそんなもん買うか。まあ、こわれたダンボール箱だったら買うけどな……それもツケでな……

ペーペル　（説教調子で）おめえはバカだ、クレーシィ！　良心って何なのかサーチンに聞いてみな……でなけりゃ男爵に……

クレーシィ　あいつらと話すことなんか、何もねえ……

ペーペル　あいつら、おめえより利口さ……飲んだくれだけどな……

ブブノフ　飲んだくれで利口とくりゃあ、怖いもんなしだな……

ペーペル　サーチンに言わせると、どいつもこいつも、そばにいるやつに良心を持っててほしいんだとよ。良心なんか持ってても、何の得にもならねえからな……そりゃ、そのとおりだよな……

ナターシャ登場。彼女に続いて、ルカが入ってくる。手に杖を持ち、背負い袋を肩にかつぎ、帯には鍋とやかんをぶら下げている。

ルカ　ごきげんよう、旦那がた！

ペーペル　（口ひげをなでながら）おお、ナターシャ！

ブブノフ　（ルカに）おれも昔は旦那と呼ばれる身分だったけど、おととしの春からはなあ……

ナターシャ　皆さん、新しいお客さんよ……

ルカ　旦那とか何とか、わしにはどうでもいいんだ……わしは、ペテン師だって尊敬する。わしの考えじゃ、どんなノミも悪くはない。みーんな黒くて、みーんなぴょんぴょん跳ねる……そうだろ……娘さん、わしはどこに居させてもらえばいいのかな？

ナターシャ　（台所の戸口を指差して）あっちに行って、おじいさん……

ルカ　ありがとな、娘さん！　あっちと言われりゃ、あっちだ……じじいにとっちゃ、あったかいところが、ふるさとだからなあ……

ペーペル　何かおもしれえ爺さん連れてきたなあ、ナターシャ……

ナターシャ　あなたよりはおもしろい人よ……クレーシィさん！　あなたの奥さんがここの台所にいるから……あとで、迎えにに行ってあげてね。

クレーシィ　わかった……行くよ……

ナターシャ　もうちょっと奥さんに優しくしてあげたら……だって、もう長くはないんだもの。

クレーシィ　わかってる……

ナターシャ　わかってるって……わかってるだけじゃ駄目でしょ、気持ちを汲んであげなきゃ……だって、死ぬって怖いことだもの……

ペーペル　いや、おらは怖くないさ……

ナターシャ　え、そうなの！……ずいぶん勇気があるのね……

ブブノフ（ぴゅーっと口を鳴らして）あーあ、この糸、ひでえなあ……

ペーペル　ほんと、怖くないさ！　いますぐにでも、死んでやるよ！　ナイフを取ってきて、心臓をグサリとやってみな……ウンともスンとも言わず死んでみせらあ！……それどころか、嬉しいぐらいさ。だって、その穢れのない手でやってもらうんだからなあ……

ナターシャ（立ち去りながら）やめて、そういう話は、相手が違うでしょ……

ブブノフ　（言葉を長く伸ばして）あーあ、ひでえ糸だなあ……
ナターシャ　（玄関の扉口で）クレーシィさん、奥さんのこと、忘れないでね……
クレーシィ　わかったよ……
ペーペル　いい娘《こ》だなあ！……
ブブノフ　たしかに、悪かねえなあ……
ペーペル　なんでおらには……ああなんだ？……避けてやがる……でもまあ、どっちみち、あの娘はここで堕落しちまうんだ……
ブブノフ　おめえのせいで堕落しちまうんだ……
ペーペル　なんでおらのせいなんだ？　あの娘がかわいそうなんだ……
ブブノフ　狼が羊を憐れんでるみてえだぞ……
ペーペル　でたらめ言うな！　ほんとに……あいつがかわいそうなんだ……ここの生活はひどい……それはよくわかるんだ……
クレーシィ　おいおい、おめえがあの娘と話してるとこをワシリーサに見られたら、それこそ……
ブブノフ　ワシリーサか？　そうだな、あの女が自分の男をただで渡すもんかい……とにかく、蛇みてえな女だからな……
ペーペル　（板寝床に寝転ぶ）おめえら二人ともいい加減にしろ……縁起でもねえ！
クレーシィ　まあ見てろよ……今にわかるさ！……

ルカ（台所で口ずさむ）夜のとばりに……道も見えず……
クレーシィ（玄関に立ち去りながら）そーら、吼《ほ》えてやがる……あいつも……
ペーペル　ああ、滅入るなあ……なんでときどき気が滅入っちまうのかなあ？　いつも通り特に困ったこともねえ！　なのに急に、体じゅう凍っちまうみたいに、気が滅入るんだ……
ブブノフ　気が滅入るってか？　うーん……
ペーペル　ほんとなんだよ！
ルカ（歌う）ああ、道も見えず……
ペーペル　おい！　じじい！
ルカ（戸口から覗いて）わしのことか？
ペーペル　そうだ。歌うな。
ルカ（出てくる）歌は嫌いか？
ペーペル　うまけりゃ好きさ……
ルカ　ってことはつまり、わしは下手か？
ペーペル　そういうことになるな……
ルカ　そうかい！　うまいつもりだったんだがなあ。いつもそうなんだ。自分じゃうまくやったつもりでも、人さまは気に入っちゃあくれない……
ペーペル（笑いながら）そうだな！　そのとおりさ……

ブブノフ　気が滅入るって言いながら、笑ってやがらあ。
ペーペル　それがどうした？　このカラス野郎……
ルカ　気が滅入ってのは、誰が？
ペーペル　おらだよ……

男爵、登場。

ルカ　あれまあ！　あっちの台所じゃあ、若い娘が泣いてたなあ。本を読み読み、泣いてたよ！　ほんとにな！　涙ぼろぼろこぼして……「娘さん、どうしてまたそんなに泣きなさる？」って聞いたら、「かわいそうだから！」って言うんだ。「誰がかわいそうなんだ」って聞くと、「本の中のお話がかわいそう」だとさ……ああやって時間を過ごしている人もいるんだなあ。ま、それも気が滅入るせいらしい……
男爵　あれは馬鹿な女だ……
ペーペル　男爵！　お茶は飲んできたのか？
男爵　飲んだよ……それで！
ペーペル　何なら、酒を少々おごってやるぜ。
男爵　もちろんいただくさ……それで！

ペーペル　四つんばいになって、犬の鳴き真似してみろよ！
男爵　馬鹿なことを！　おまえは商売人か？　それとも酔っ払いか？
ペーペル　さあ、吠えろよ！　おれも楽しくなる……あんたは男爵さまだった……昔はおれらの仲間を人間とも思わなかったり……ま、いろいろな……
男爵　ふん、それで！
ペーペル　それでって？　だから、おめえに犬の鳴き真似させてやるんじゃないか。おめえ、吠えるよな？　吠えてくれるんだろ？
男爵　よーし、吠えてやるさ！　このでくの坊！　だがな、おまえと同じぐらい落ちぶれてるって自覚してるおれに、そんなことさせて楽しいのか？　身分が違ってたころのおれを、四つんばいにさせりゃよかったのにな……
ブブノフ　そのとおりだ！
ルカ　そいつはいい！
ブブノフ　昔は昔、今じゃ残ったのはカスばっかりだ……ここにゃ、旦那も男爵も、もういやしねえ……なにもかもなくしちまって、裸一貫の人間が残ってるだけよ……
ルカ　つまり、みんなおんなじってことだな……ところで、おまえさん、ほんとに男爵だったのかい？
男爵　何てこと言うんだ！　あんたは何者だ、化け物かい？

ルカ　（笑う）伯爵にもお目にかかったし、公爵にもお目にかかった……だけど、男爵にお目にかかるのは初めてなんだ、しかもこんな落ちぶれた男爵に会うのは……

ペーペル　（大声で笑う）男爵！　おめえのせいで赤くなっちまうぜ……

男爵　おまえこそ、利口になれよ、ペーペル……

ルカ　いやいや！　おまえさんたちを見てると……何とかならんかなあ……その暮らしぶり！

ブブノフ　朝起きると同時に吠えはじめる、そういう暮らしか……

男爵　昔はもっといい暮らしをしていたものさ……そうとも！　朝起きたら、ベッドで寝たままコーヒーを飲んでた……コーヒーだぜ！　クリーム入りでな……そうだとも！

ルカ　だけどな、いつだって人間は人間なんだよ！　どんなに気取ったって、どんなにうまく立ちまわったって……人間として生まれて、人間として死んでいくんだ……わしの見る限り、人間は賢くなっていくし、だんだん面白みも出てくる……そのくせ暮らし向きがどんどん悪くなっていくと、逆にますます良い生活がしたいって……こだわっちまうんだなあ！

男爵　じいさん、あんたいったい何者なんだ？……どっから現われたんだ？

ルカ　わしか？

男爵　巡礼かい？

ルカ　この地上にいるわしらはみんな、巡礼さ……聞いた話じゃ、この地球も空を翔《か》けめぐる巡礼なんだってな。

男爵　（厳しく）そりゃそうだ。で、身分証は持ってんのかい？
ルカ　（少し間を置いて）おまえさんこそ、何者なんだ、探偵か？
ペーペル　（愉快そうに）冴えてるな、じいさん！　まあまあ、男爵殿、一本取られましたね？
ブブノフ　そうだ、男爵が一本取られた……
男爵　（バツが悪そうに）それがどうしたってんだ？　おれはただ……冗談言っただけだよ、じいさん！　おれだってそんな証明書、持っちゃいないさ……
ブブノフ　嘘つけ！
男爵　つまり……その種の書類を持ってはいる……だけどそんな紙きれ、何の役にも立ちゃしない……
ルカ　そういう書類はどれもこれも……何の役にも立ちはしない。
ペーペル　男爵！　飲みにいこうぜ……
男爵　よし来た！　じゃあな、さらばだ、じいさん……あんたもなかなかやるなあ！
ルカ　ま、そういうときもある、おまえさん……
ペーペル　（玄関の戸口のところで）さあ行こうぜ！（出て行く）

男爵、急いでペーペルの後に続く。

ルカ　本当にあの男は男爵だったのかい？
ブブノフ　わかるもんかえ。どっかの地主だったのは確かだ……今だってやつはときどき急に地主風《かぜ》吹かせやがるからなあ。まだ昔の癖が抜けねえってわけだ。
ルカ　その地主風ってやつは天然痘みたいなもんだろう……治ったところで痕が残るんだよなあ……
ブブノフ　だけど悪いやつじゃねえよ……ただ、ときどき絡んできやがるんだ……身分証のことを言い出したときみてえにな……
アリョーシカ（酔っ払って登場。アコーディオンを抱えている。口笛を吹く）やあ、皆々さま！
ブブノフ　何わめいてやがんだ？
アリョーシカ　すまないねえ……ゆるしておくんなせえ！　拙者は礼儀正しい人間でござる……
ブブノフ　また飲みすぎたのか？
アリョーシカ　ああ、思いっきり飲んだぞ！　おいら、たったいま警察署から、副署長のメヂャーキンの野郎に追っぱらわれてきたところだ。今後は通りでおまえの匂いもさせちゃなんねえ……絶対にだぞって！　おいら、これでも気骨のある人間だ……なのに、店のおやじときたら、おいらを鼻であしらいやがる……あいつはいったい何さまなんだ？　ふん！　ただのへんちくりんじゃねえか……だいたい、あの野郎こそ酔っ払いだ……おいらという人間はまったく欲がない！　何も欲しかねえ。もうたくさんだ！　そら、二十ルーブリぐらいくれてやらあ！　おいら、何もいらねえ。

ナスチャ、台所から登場。

アリョーシカ　おいらに百万ループリくれたって、そんなものは、いらねえんだ！　うちの……酔っ払い野郎がおいらみたいなちゃんとした人間に指図しやがるのが、いやなんだ！　真っ平ごめんだ！

ナスチャ、ドアのそばに立ち、アリョーシカを見ながら首を振る。

ルカ（優しく）あれあれ、おまえさん、そうとう酔いがまわってるね……

ブブノフ　どうしようもねえ馬鹿だよ……

アリョーシカ（床の上に寝そべる）さあ、おいらを食っちまってくれ！　おいら、何もいらねえ！　おいら、向こうみずの無鉄砲さ！　そんなおいらのどこが人より劣ってんだ？　聞かせてもらおうじゃねえか、おいらのどこが人より劣ってんだ？　他のやつらより劣ってるわけねえだろ？　そうだろうが！　メヂャーキンの野郎が言いやがる、外に出るな、出たら顔ぶんなぐってやるってな！　だがおいらは出かけるぞ……出かけて道のどまんなかに寝そべってやらあ。おいらを抹殺しちまえばいいんだ！　おいら、何もいらねえ！

ナスチャ　かわいそうな人！……まだ、こんなに若いのに……すっかりいじけちゃって……

アリョーシカ　（ナスチャを見てひざまずく）お嬢さん！　マムゼル〔マドモアゼルがなまったもの〕！　フランス語《パルレ・フランセ》できますか？　値段表《プレイス・クラント》！　飲みすぎたぜ、おいらあ。

ナスチャ　（よく通る囁き声で）ワシリーサだよ！

ワシリーサ　（素早くドアを開けて、アリョーシカに）おまえ、また来てんのか？

アリョーシカ　こんちは……まあ、どうぞ、どうぞ……

ワシリーサ　この犬っころが！　二度とここに来るなって言ったのに……また来てんのかい？

アリョーシカ　ワシリーサさん……もしよろしけりゃ、お弔《とむら》いの行進曲でも弾いて差し上げましょうか？

ワシリーサ　（アリョーシカの肩を突き飛ばす）出てけ！

アリョーシカ　（戸口の方に移動しながら）待っとくれよ……そりゃないよ……お弔いの行進曲なんだってば……覚えたばっかりなんだ！……できたてほやほやの音楽だってば……待っとくれよ……そりゃないよ！

ワシリーサ　おまえこそ、そりゃないよ……思い知らせてやる……町じゅうにおまえのこと触れまわって、いられなくさせてやる……この忌々しいおしゃべりめ……青二才のくせして、あたしのこと、言い触らしやがって……

アリョーシカ　じゃあ、出て行くさ……
ワシリーサ　（ブブノフに）あいつを二度とここに来させないようにしな！　わかったかい？
ブブノフ　おれ、あんたの番人じゃねえよ……
ワシリーサ　おまえが何者かなんて、あたしの知ったこっちゃない！　お情けでここに住まわしてやってんだ、忘れるんじゃないよ！　あたしにいくら借りがあると思ってんだい！
ブブノフ　（落ち着いて）そんなの、数えてねえよ……
ワシリーサ　じゃ、こっちで計算してやるよ！
アリョーシカ　（戸を開いて、叫ぶ）ワシリーサさんよう！　おいら、あんたなんか怖くねえ……こ、こわくねえからな！（姿を隠す）

ルカ、笑う。

ワシリーサ　あんた、いったい誰なのさ？
ルカ　通りすがりの者でね……旅の者だよ……
ワシリーサ　泊まってくのかい、それとも、住むつもりかい？
ルカ　そいつは様子を見てから……
ワシリーサ　身分証は？

ルカ　持ってるさ……
ワシリーサ　じゃあ、見せて！
ルカ　あとで持っていくよ……おまえさんのうちに……見せに行くよ。
ワシリーサ　通りすがりの者だって……よく言うよ！……おたずね者って言やあいいのに……ほんとは、そんなところなんだろ……
ルカ（ため息をついて）あー、いじわるだねえ、おかみさん……

ワシリーサ、ペーペルの部屋の戸口のほうに近づく

アリョーシカ（台所から覗きながら、囁く）行っちまったか？　どうなんだ？
ワシリーサ（アリョーシカのほうに振り向く）おまえ、まだいたのか？

アリョーシカ、隠れながら口笛を鳴らす。ナスチャとルカは笑う。

ブブノフ（ワシリーサに）あいつはいねえよ……
ワシリーサ　誰のことさ？
ブブノフ　ペーペルはいねえよ……

ワシリーサ　あたし、ペーペルのことなんか、聞いた？
ブブノフ　わかってらあね……あっちこっち、えらく探しまわってるじゃねえか……
ワシリーサ　あたしゃ、きちんと片付いてるか、見まわってんだ、わかったかい？　なんでこの時間になっても掃除がまだなんだい？　清潔にしとけって、何べん言ったらわかるんだ？
ブブノフ　きょうは俳優が当番さ……
ワシリーサ　誰が当番かなんて、あたしの知ったこっちゃない！　もし衛生係が来て罰金でも取られたら、そんときはおまえらみんな……追い出してやるからな！
ブブノフ（冷静に）そしたら、あんた、どうやって生きてくんだい？
ワシリーサ　塵ひとつ落ちてないようにしな！（台所に行って、ナスチャに）おまえ、なんだって、こんなとこに突っ立ってんだよ？　腫れぼったい顔しやがって。なんで、でくの棒みたいに突っ立ってるんだ？　床を掃くんだよ！　ナターシャを……見かけたかい？　あの子、ここに来たのかい？
ナスチャ　知らなーい……見かけなかったよ……
ワシリーサ　ブブノフ！　妹はここに来たのかい？
ブブノフ　ああ……さっきこのじいさんを連れてきてたよ……
ワシリーサ　あの人……家にいた？
ブブノフ　ワシーリー・ペーペルのことか？　いたよ……でも、あの子はここでクレーシィと話してたんだぜ、そのー、ナターシャはな。

ワシリーサ　誰と話してたかなんて聞いてないだろ！　どこもかしこも埃だらけで、きたないったらありゃしない！　えい、おまえたち、豚どもめ！　ちゃんときれいにしろってんだ……聞いてんのか！（素早く退場）

ブブノフ　まったく野獣のような女だな！

ルカ　油断のならない女だ……

ナスチャ　こんな生活じゃ、獣みたいになっちまうわよ……どんな人だって、あんな亭主にくっつけられてりゃあね……

ブブノフ　いやあ、あの女、そうがっちり亭主にくっついちゃいねえよ……

ルカ　あの人はいつもあんなに……怒鳴り散らしてるのかい？

ブブノフ　いっつもさ……あの女、男に会いに来たのに、そいつがいないときた……

ルカ　なるほど、それでしゃくにさわったんだなあ。あー、あー！　この世の中には、いろんな人間たちが幅をきかせて……お互い何やかんや脅し文句を並べ立てては相手を威嚇してみるんだが、やっぱりこの世の暮らしに秩序なんてないし……清潔にもできないんだよなあ……

ブブノフ　誰だって秩序を好むものだけど、分別が足りねえのさ。それはそうと、床を掃かねえとな……ナスチャ！……おめえ、やってくんねえかなあ……

ナスチャ　なんでよ！　あたし、あんたたちの女中じゃないんだからね……（少し黙って）きょうはね、とことん飲んでやるんだ……ぐでんぐでんになるまで飲んでやるんだ！

ブブノフ　それもいいじゃねえか……

ルカ　娘さんよ、なんでまた酒なんか飲むんだ？　さっき泣いていたかと思ったら、今度はぐでんぐでんに飲むだなんてなあ……

ナスチャ　（挑むように）ぐでんぐでんになったら、また泣くのさ……そいだけのことよ！

ブブノフ　そいつはちょっとなあ……

ルカ　なら、そうしたくなるわけを話してごらん……にきび一つとっても、わけなしにできるものじゃないんだから……

ナスチャ、首を振りながら、黙っている。

ルカ　そうかい……やれやれ……人間ってやつは！……このさき、どうなっていくのやら？……それじゃあひとつ、わしがここを掃いてやるとしようか。箒はどこかな？

ブブノフ　玄関の戸の裏にある……

ルカ、玄関に行く。

ブブノフ　ナスチャ！
ナスチャ　なによ？
ブブノフ　なんでまた、ワシリーサはアリョーシカに食ってかかったんだろう？
ナスチャ　アリョーシカが、ワシリーサのことを触れまわったのさ。ペーペルはワシリーサのことがいやになって、捨てる気でいる……ナターシャをものにするつもりだってね……あたしゃ、こっから出て行くよ……別の宿に移るんだ。
ブブノフ　何だって？　どこに行くんだよ？
ナスチャ　もういやになっちまった……あたしゃ、ここじゃあ余計者さ……
ブブノフ（穏やかに）おめえはどこ行ったたって余計者だ……そうだろ、この世に生きてる人間はみーんな余計者さ……

ナスチャは首を振る。立ち上がって、静かに玄関に立ち去る。
メドヴェージェフ登場。その後から箒を持ったルカがやって来る。

メドヴェージェフ　どうもおまえには見覚えがないなあ……
ルカ　じゃ、他の連中はみんな……顔見知りかい？
メドヴェージェフ　持ち場の連中は全員知っているはずなんだが……おまえは、知らんな……

ルカ　それはおまえさん、この地上のすべてが、おまえさんの持ち場ってわけにはいかないからさ……そのほかにもちょっぴり残っている土地があるってことだよ……（台所に出て行く）

メドヴェージェフ　（ブブノフに近づきながら）たしかに、おれの持ち場は小さい……そのくせ広い地区より問題が多いんだからなあ……今も、さあ交代だってときに、靴屋のアリョーシカを警察署に引っ張って行ったよ……何しろ、道のど真ん中に寝そべって、アコーディオンかき鳴らしながら、「何もいらねえ、何も欲しかねえ！」ってわめいてやがったんだからなあ……あそこは馬車も通るし、往来が激しい……いつ車に轢かれてもおかしくない……まったく手に負えない若造だ……だから、すぐに捕まえて……署に連れて行ったよ……ほんとにあいつ、無茶するのが大好きだからなあ……

ブブノフ　今晩、一局差しに来ねえか？

メドヴェージェフ　おお、いいねえ。ところでだ……あれはどうしてる……ペーペルは？

ブブノフ　別にどうもしねえ……相変わらずさ……

メドヴェージェフ　つまり……生きてるってことか？

ブブノフ　生きてねえでどうする……あいつだって生きてていいじゃねえか……

メドヴェージェフ　（訝《いぶか》しげに）生きてていいってか？

ルカ、手にバケツを持って玄関へ出て行く。

メドヴェージェフ　ふん、まあな……じつは、町じゃ噂になってるんだ……ペーペルのことがな……おまえ、聞いてないか？
ブブノフ　いろんな噂を聞いてるが……
メドヴェージェフ　ワシリーサのことで何か……気づかなかったか？
ブブノフ　何のことさ？
メドヴェージェフ　何って……まあ大したことじゃないが……おまえ、まさか、知ってるくせに、とぼけてるんじゃないだろうな？　もうみんな知ってるんだからな……（厳しく）おまえ、嘘は良くねえ……
ブブノフ　おれが嘘つくわけねえだろ！
メドヴェージェフ　いいか！……ああ、あの犬どもめ！……さんざ噂になってるんだ、ペーペルとワシリーサが……どうとかな……だが、それがおれに何の関係があるんだ？　おれはあいつの父親じゃない……叔父なんだ……何でおれが笑いものにされなきゃならんのだ？

クヴァシニャ、登場

メドヴェージェフ　世間のやつらときたら……誰でも笑いものにすりゃいいと思ってやがる……

クヴァシニャ　ああ、お帰り……

ブブノフ　面倒くさいおまわりさんね！　ブブノフ！　このおまわりさんったら、市場であたしにしつこくつきまとって、結婚してくれって言うのよ……

メドヴェージェフ　さっさと結婚しちまえよ……いいじゃねえか。こん人にゃ金はあるし、まだまだいい男っぷりじゃねえか……

クヴァシニャ　おれがか？　ほう、そりゃあどうも！

メドヴェージェフ　ああ、あんたもつまんないやつだねえ！　あたしの痛いところ、突っつかないでよ！　いいかい、あんた、あたしがどんなめにあったか……女が結婚するってのはね、寒い冬に氷の穴めがけて飛び込じまうようなもんさ。一度飛び込んじまったら最後、一生、烙印を押されちまうんだ……

クヴァシニャ　おまえ、ちょっと待った……亭主にもいろんなのがいるもんだぞ。

メドヴェージェフ　いいや、あたしにゃ、みんなおんなじさ。うちのすんばらしい亭主殿がくたばっちまったとき——あんなの、さっさとくたばってくれてせいせいしたし、一日中、もう嬉しくて嬉しくて、ひとりポカーンと座ってたよ。そうしてても、わが身の幸せがずっと信じられないぐらいでねえ……

クヴァシニャ　亭主がそんなにおまえを殴ってたんなら、警察に訴えればよかったんだ。

メドヴェージェフ　八年間、神さまに訴えつづけたけど、助けちゃもらえなかった！

メドヴェージェフ　今じゃ、女房を殴るのはご法度だ……今のご時世じゃ何ごとにつけ、厳格な法律に定められていて、秩序が守られている！　何びとであれ、理由なく殴ることは禁じられている……殴るとすれば、それは秩序を守るためだ……

ルカ（アンナを連れて来る）ああ、やっとたどりついた……なあ、おまえさん！　こんな弱ったからだで、よくまあひとり歩きできたねえ。おまえさんの寝床はどこなんだ？

アンナ（指し示す）ありがとう、おじいさん……

クヴァシニャ　ほーらね、亭主のいる女ってこうなのさ……見ての通りだよ！

ルカ　この人はすっかり弱りきってるじゃないか……壁につかまって、うんうん唸りながら、やっとこさ玄関を這いまわってたんだ……おまえさんたち、どうしてこの人をひとりで放っておくんだい？

クヴァシニャ　うっかりしてたんだ。ごめんよ、おじいさん！　この人のお世話係がお散歩にでも行っちゃったんだろ……

ルカ　おまえさん、そんなふうに笑ってるけど……いったいひとりの人間をこんなふうに見捨てておいていいものかね？　人間ってものはな、どんなやつだって必ずそれ相応の値打ちがあるんだよ……

メドヴェージェフ　見張っとかないといかんぞ！　急に死なれでもしたらどうする？　やっかいなことになるぞ……気をつけんとな！

ルカ　そのとおりだ、巡査部長どの……
メドヴェージェフ　まあ……わしはそのー……まだ巡査部長というわけではないが……
ルカ　へえ、そうなのかい？　だけど押し出しは、どうしてどうして、立派なもんだ！

玄関で騒ぐ声と大きな物音。鈍い叫び声が聞こえてくる。

メドヴェージェフ　どうやら、喧嘩らしい。
ブブノフ　そのようだな……
クヴァシニャ　見てこなくちゃ……
メドヴェージェフ　おれも行かないとな……あー、また仕事か！　なんで人が喧嘩すると、止めに入るのかなあ？　放っておけば勝手にやめるだろうに……殴り合ってりゃ、疲れるもんなあ……お互いに、好きなだけ殴り合いさせときゃ……あまり喧嘩しなくなるもんだよ……殴られた痛みがずーっと忘れられなくてな……
ブブノフ（板寝床から降りながら）おめえの上役にそう言ってやりな……
コスティリョフ（戸を開けながら叫ぶ）アブラーム！　来てくれ……ワシリーサがナターシャを……殺しちまう……早く来てくれ！

クヴァシニャ、メドヴェージェフ、ブブノフ、玄関に突進する。
ルカは首を振りながら、三人を見送る。

アンナ　ああ、神さま……ナターシャがかわいそう！
ルカ　あっちで誰が喧嘩してるんだ？
アンナ　この家の女たちだよ……姉と妹が……
ルカ（アンナに近寄りながら）何でまた喧嘩するんだい？
アンナ　何とはなしによ……二人とも食べるもの食べて……元気だから……
ルカ　おまえさん、名前は何ていうんだ？
アンナ　アンナよ……おじいさんのこと見てるとね……あたしの父親に……あたしのとっつぁんによく似てるなあって思うの……あなたのように優しくて、穏やかでね……
ルカ　揉まれに揉まれたから、穏やかになったんだよ……（ひび割れたような声で笑う）

第二幕

同じ舞台装置。
夕方。暖炉の傍らの板寝床で、サーチン、男爵、クリヴォイ・ゾブ、ダッタン人がトランプをやっている。クレーシィと俳優はその様子を見守っている。ブブノフは自分の板寝床の上でメドヴェージェフとチェッカーをやっている。ルカはアンナの寝台のそばにある背もたれのない椅子に腰かけている。木賃宿は二つのランプで照らされている。一つのランプはトランプをやっている人たちのそばの壁にかかっており、もう一つのランプはブブノフの板寝床の上にかかっている。

ダッタン人　もう一度やる、あと、もうやらない……
ブブノフ　ゾブ！　歌えよ！（歌い出す）
「明ーけても暮れてーも……」

クリヴォイ・ゾブ　（続けて歌う）
「牢屋は暗いー……」
ダッタン人　（サーチンに）トランプまぜろ！　よーくまぜろ！　おれたち知ってる、おまえインチキ……
ブブノフとクリヴォイ・ゾブ　（一緒に）
「昼、夜、牢番――えーい、くそ！　わが窓見張る……」
アンナ　殴り合い……罵り合い……それしか……なかった……それ以外、何もなかったのよ……
ルカ　なあ、ねえさん！　ふさぎ込んじゃあいけないよ！
メドヴェージェフ　その駒、どこに出してんだ？　気をつけろ！
ブブノフ　ああ！　そうかそうか、そうか……
ダッタン人　（サーチンに拳骨を振り上げて威しながら）なんでトランプ隠すだ？　おれ、見た……やい、このやろ！
クリヴォイ・ゾブ　やめとけ、アサン！　どうせ、こいつら、おれらを騙すんだから……ブブノフ、歌を続けろよ！
アンナ　お腹いっぱい食べた覚えなんて、まったくないの……パンひときれ食べるにもビクビクしどおし……一生涯ずーっと震えながら生きてきたの……人さまよりたくさん食べちゃいけないって……気を揉んでばっかり……ずーっと、ぼろばっかり着てた……一生涯、不幸の連続……何の因果かしら？
ルカ　ああ、おまえさん、かわいそうになあ……疲れたのか？　大丈夫かい？
俳優（クリヴォイ・ゾブに）ジャックを出せ……ジャックだよ、畜生！
男爵　ところが、こっちにはキングがあるんだ。
クレーシィ　いつも、こいつらには負かされちまう。
サーチン　いつものパターンさ……
メドヴェージェフ　クイーンだ！
ブブノフ　こっちにもあるぞ……どうだ……
アンナ　死にそうだわ、もう……
クレーシィ　見ろ見ろ、このざまだ！　公爵どん、賭けはやめちまえ、やめちまえってば！
俳優　こいつ、おまえに言われなくてもわかってるさ！
男爵　クレーシィ、気をつけろよ、おまえなんかつまみ出してやる！
ダッタン人　もう一度やれえ！　水差し、コナゴナなるまで水くみする……おれも同じこと！

クレーシィ、首を振りながらブブノフのほうに行く。

アンナ　ああ、あたし、しじゅう考えてるの！　まさか、あの世でも苦しみがあたしにつきまとったりしないわよね？　まさか、あの世でも？

ルカ　そんなこと、あるもんかね！　横になってればいいよ！　大丈夫！　あの世に行けばゆっくり休めるよ！……もう少しの辛抱だ！　アンナ、みーんな我慢してるんだよ……誰だって自分なりに我慢して生きてるんだ……（立ち上がって、素早い足取りで台所に去る）

ブブノフ（歌いはじめる）

「勝手に見張れ」

クリヴォイ・ゾブ

「おいらは逃げぬ」

二人で声を合わせる。

「娑婆に出たいが――ああ、くそ
鎖が切れぬ」

ダッタン人（叫ぶ）あーっ！　トランプ、袖《そで》んなか、突っ込んだ！

男爵（まごつきながら）それじゃ何か、おまえの鼻の穴にでも突っ込めっていうのか？

俳優（説得するように）公爵どん！　そりゃ、あんたの思い違いだ……誰も、そんなこと……

ダッタン人　おれ、見た！　イカサマ！　おれ、もうやらん！

サーチン（トランプを集めながら）アサン、おめえ、やめりゃあいいじゃねえか……おれらがイカサマだって、百も承知だろうが。それなのに、何で勝負したんだ？

男爵　たったの二十コペイカ負けただけで、三ルーブリ負けたみたいな大騒ぎだ……それでも公爵かよ！

ダッタン人（かっとなって）勝負、正直にやらなきゃ、ダメ！

サーチン　そりゃまたどうして？

ダッタン人　どうしてって？

サーチン　だから……どうしてなんだ？

ダッタン人　そんなことも、わからない？

サーチン　わからねえな……おめえはわかってんのか？

ダッタン人、唾を吐きかける。猛烈に怒っている。皆、ダッタン人の様子に大笑いする。

クリヴォイ・ゾブ　（優しげに）おめえも変わったやつだな、アサン！　考えてもみろよ！　ここの連中が正直に暮らしはじめてみな、ものの三日もたたねえうちに飢え死にだ……

ダッタン人　それ、おれの知ったことか！　正直な暮らし、大事なこと！

クリヴォイ・ゾブ　またくどくど始めやがった！　それより、お茶でも飲みに行こうぜ……ブブノフ！

「ああ、この鎖、わが鎖」

ブブノフ「てめえは鉄の牢番よ」

クリヴォイ・ゾブ　行こう、アサン！（歌を口ずさみながら去っていく）

「おれにゃ切れぬ、てめえは切れぬ」

ダッタン人は男爵をこぶしで脅し、仲間の後を追って退場。

サーチン　（笑いながら男爵に）閣下、またしくじりやしたね。教養はおありでも、札《ふだ》のすりかえはおできにならんか……

男爵　（両手を拡げながら）知るか、そんなこと……

俳優　才能がないんだ……自分が信じられないんだ……それがなけりゃ、何やったたって駄目なんだ……

メドヴェージェフ　おれんとこにはクイーンが一つ、おまえんとこには二つ、そうか！

ブブノフ　一つだって悪かねえ、賢くやればな……さあ、やれ！

クレーシィ　あんたの負けだね、メドヴェージェフさんよ！

メドヴェージェフ　おまえには関係ないだろ……わかったか？　口出しするな！

サーチン　勝ちは五十三コペイカだ……

俳優　三コペイカはおれのものだ……といっても、三コペイカが何になるってんだ？

ルカ　（台所から出てきながら）あーあ、ダッタン人から金を巻き上げたのか？　それでウォッカを飲みにお出かけかな？

男爵　一緒に来ればいい！

サーチン　おまえさんの酔いっぷりが見てえもんだ！

ルカ　しらふのときより、いいはずがないさ……

俳優　行こうよ、じいさん……おまえさんのためにクプレットを朗読してやるよ……

ルカ　そりゃなんだね？

俳優　詩だよ……わかるかい？

ルカ　詩だって！　詩がわしにとって何になるね？

俳優　そいつは、笑えるんだ……ときには泣けるけど……

サーチン　さあ、朗読者よ、行こうか？（男爵と一緒に退場）

俳優　行くよ……すぐに追いつくから！　なあ、たとえば、じいさん、こんな詩の一節がある……最初を忘れちまった……忘れちまったよ（額をこする）

ブブノフ　やったぁ！　おまえのクイーンは消えたぞ……さあ来い！

メドヴェージェフ　そっちにやるんじゃなかったなあ……やられた！

俳優　以前、おれのオルガニズムがアルコールに毒されていなかったときはなあ、じいさん、おれも記憶力がすこぶるよかったんだ……ところが、今じゃ、このざまだ……そりゃそうだよなあ、じいさん！　おれにとっちゃ、何もかもがおしまいさ！　おれがこの詩を朗読すると、いつだって大成功で……万雷の拍手が鳴り響いた！　あんたは知らんだろうな、拍手喝采ってやつがどんなものか……あれはな、じいさん……ウォッカみたいなもんなんだ！　昔は舞台に出ると、こんなふうに立ってな……（ポーズをとる）こんなふうに立って……（黙る）

何も覚えてない……ひと言も……覚えちゃいない！　大好きな詩だったのに……ひどいことだよな？　じいさん。

ルカ　そうだな、大好きなものを忘れちまうのは、よくないなあ。人の魂は大好きなものの中に宿ってるんだからな……

俳優　おれは魂まで飲んじまったんだ、じいさん……おれは破滅しちまったんだ、じいさん……だけど、何で破滅しちまったんだろう？　おれは信じることができなかったんだ……おれはもうおしまいだ……

ルカ　あー、なんてこと言うんだ？　おまえさんは……治療を受ければいい……今じゃ、酔っ払いは治してもらえるんだ、いいかい！　無料で治してもらえるんだよ、おまえさん……そういう療養所ができたんだ、酔っ払いのために……つまり無料で治療を受けられるようにな……いいかい、酔っ払いも人間だってことが認められたんだ……だから、酔っ払いが治療を受けることを望んだら、喜ばれさえするんだ！　だから、まあ、やってみるんだね！　行ったらいいよ……

俳優　（考え込んで）どこに行きゃいいんだ？　それはどこにあるんだ？

ルカ　それはな……ある町にあって……なんて言ったっけ……その町は何とかいう名前だ……うん、町の名前は教えてやるよ……おまえさんはだな、ただそのー、さしあたりは準備をしとくんだ！　自制するんだぞ！　じっとこらえて、我慢するんだ……そしてすっかり治ったら……

また新しい生活を始めるんだ……いいかね、おまえさん、新しい生活だぞ！　さあ、決心するんだ……今すぐにな……

俳優　（微笑みながら）また新たに生活をやり直す……最初っから……そりゃ、いいや……そうだな……新しい生活、か？（笑う）うーん……そうだ！　おれにもできるのか？　できるよな、なあ？

ルカ　そりゃそうだろ？　人間は何でもできるんだ……ただやる気さえあればな……

俳優　（急に、目が覚めたかのように）おまえさん、変わり者だね！　とりあえず、さらばじゃ！（口笛を吹く）じいさん……さらばじゃ（退場）

アンナ　おじいさん！

ルカ　どうしたんだ、おまえさん？

アンナ　ちょっとあたしの話し相手になってくれない……

ルカ　（アンナのほうに歩み寄る）いいよ、話そうじゃないか……

クレーシィ、周囲を眺めまわしながら黙って妻に近づく。彼女を見つめ、何か言いたそうに両手で何かジェスチャーをする。

ルカ　なんだい、おまえさん？

クレーシィ　（小声で）なんでもねえ……（ゆっくり玄関の戸のほうに歩いていって、数秒、その前に立ちすくんでから退場）

ルカ　（クレーシィの姿を目で追ってから）おまえさんの亭主も辛いんだな……

アンナ　あたしは、もうあの人どころじゃないわ……

ルカ　あの人はおまえさんをぶったかね？

アンナ　そりゃあもう……こんな病気になってしまったのも、たぶん、あの人のせいよ……

ブブノフ　おれの女房には……愛人がいてな……器用にチェッカーをやってやがった、あのペテン師が……

メドヴェージェフ　ふーん……

アンナ　おじいさん！　何か話してよ、ねえ……あたし、苦しいの……

ルカ　大丈夫だよ！　死ぬ前はそうなるもんさ……アンナ。大丈夫だよ！　気を楽にしてればいい……つまり、死んだら楽になるんだ……これ以上、何もしなくていい……恐れることなんか、何もないんだよ！　静かに、穏やかに……寝ていればいい！　死はすべてのものに安らぎを与えてくれる……死はわしらにとって優しいものなんだよ……死んだらゆっくり休めるって言うじゃないか……それは本当のことなんだよ、おまえさん……だってな、この世に人間の休める場所なんてあるかい？

ペーペルが入ってくる。少し酔っ払って、髪を振り乱し、暗い顔をしている。戸のそばの板寝床に腰かけると、黙ったまま動かずに座っている。

アンナ　でもどうなの、あの世にも苦しみがあるんじゃないの？

ルカ　何もありゃしないよ！　なんにもないよ！　アンナ、信じるんだ！　安らぎがあるだけで……ほかには何もありゃしないよ！……おまえさんが神のみもとに召されると、こう告げられるんだ。「主よ、ごらんください。あなたのしもべアンナがまいりました」ってね……

メドヴェージェフ　（厳しく）それにしても、どうして、あの世で言われることまで知ってるんだ？　ええ、おまえ……

メドヴェージェフの声が響くと、ペーペルは頭を上げ、聞き耳を立てる。

ルカ　知ってるから知ってるのさ、巡査部長どの……

メドヴェージェフ　（和解するように）ふむ……そうかい！……まあ……おれの知ったこっちゃない……といっても……おれはまだ……巡査部長というわけじゃないがな……

ブブノフ　二つ、いただき……

ルカ　そしてな、神さまは穏やかな優しい眼差しでおまえさんのことをごらんになって、このアンナのことは知っておるぞ、とおっしゃるんだ。そして、さらにおっしゃるんだ……このアンナを天国に連れて行ってやれ……休ませてやるがいい……わしは知っておるぞ、アンナはとても辛い人生を生きて、ひどく疲れておるんじゃ……アンナに安らぎを与えてやるがよいってな……

アンナ　（喘ぎながら）おじいさん……優しいおじいさん……もしそうだったらね！　もし……安らぎがあるんだったらねえ……何の苦しみも感じずにすむんだったらねえ……

ルカ　そうだよ、そうだとも！　なんにもないんだ！　信じればいいんだ！　心配しないで、喜んで死んでいけばいい……おまえさんに言っておくが、わしらにとって死というものは、小さな子供たちにとっての母親みたいなものなんだよ……

アンナ　でも……もしかしたら……もしかしたら……あたし、良くなるかもしれないわね？

ルカ　（苦笑いしながら）何のために？　また苦しむためにか？

アンナ　だけど……もう少し生きてたいの……生きられたらなあ……もう少しだけ！　あの世に苦しみがないんだったら……この世でもうちょっとだけ我慢できるわ……我慢できる！

ルカ　あの世にはなんにもないんだ！……本当に何もないんだよ……

ペーペル　（体を起こしながら）そのとおりだ……いや、もしかしたら、そうじゃないかもしれねえ……

アンナ　（おびえて）ああ、神さま……

ルカ　やあ、美男子……
メドヴェージェフ　誰だ、わめいてるのは？
ペーペル（メドヴェージェフに近づいて）おらだ！　それがどうした？
メドヴェージェフ　やたらわめくなってことよ！　人間、おとなしくしとくもんだぞ……
ペーペル　へん……このでくの坊め！……それでも叔父さんかよ……ふん！
ルカ（ペーペルに小声で）いいかい、そう叫びなさんな！　いまここで、ひとりの女が死にかけているんだ……もう唇も土気色になって……邪魔をしてはいけないよ
ペーペル　じいさんがそう言うなら聞いてやらあ！　あんたは、えれえよ！　嘘つくのがうめえし……あんたの作り話は楽しいな……嘘ついときゃいい、構わねえさ……この世にゃ楽しいことが少ねぇんだから！
ブブノフ　ほんとに、この女、死にかけてるのか？
ルカ　まさか冗談なんかではないだろう……
ブブノフ　ってことは、咳をしなくなるんだな……あの咳はどうにもやりきれんかったからなあ……二つ、いただき！
メドヴェージェフ　ええい、こん畜生！
ペーペル　アブラーム！
メドヴェージェフ　貴様にアブラーム呼ばわりされてたまるか！

ペーペル　アブラーシカ！　ナターシャはまだ良くないのか？

メドヴェージェフ　貴様には関係ないだろ？

ペーペル　そう言わずに教えてくれよ、ワシリーサはあの子をひどくぶったのか？

メドヴェージェフ　それも、貴様には関係ない！　これは家族のもめごとだぞ……貴様はいったい、何さまなんだ？

ペーペル　おらが何者であれ……その気になりゃあ、おめえらが二度とナターシャの顔を拝めねえようにしてやれるんだぞ！

メドヴェージェフ（チェッカーを投げ出しながら）貴様、何言ってるんだ？　誰のことを言ってるんだ？　おれの姪をどうする気だ……この泥棒野郎！

ペーペル　泥棒だったら、どうだってんだ、てめえなんぞには摑まらねえぞ……

メドヴェージェフ　まあ見てろ！　おれがお縄にしてやるから……おれがそのうちな……

ペーペル　お縄にするってか……そしたら、おめえら一族は完全に壊滅さ……おらが検事の前で黙ってるとでも思ってんのか？　そうは問屋がおろさねえ！　誰がおらに場所を教えて泥棒をさせたのかって聞かれりゃ、ミハイル・コスティリョフとその女房ですって！　盗んだ品は誰の手に渡ったのかって聞かれりゃ、ミハイル・コスティリョフとその女房ですってな！

メドヴェージェフ　嘘つけ！　貴様の言うことなど誰が信じるものか！

ペーペル　信じるとも、それが本当のことだからな！　そして、てめえも巻き込んでやらあ……

アーッ！　てめえら全員、破滅させてやるから、ようく覚えとけ！

メドヴェージェフ　（うろたえて）嘘つけ！　う、嘘つけ……いったい……おれが貴様にどんな悪いことをしたってんだ？　貴様は狂った犬だ……

ペーペル　じゃあ、おめえはおらに、どんないいことをしてくれたんだ？

ルカ　ああ、なーるほどなあ！

メドヴェージェフ　（ルカに）貴様……なにアーアー言ってやがるんだ？　貴様には関係ないことだろ？　これは内輪のことだ！

ブブノフ　（ルカに）放っとけよ！　何もおれたちにお縄をかけようって話じゃないんだ。

ルカ　（穏やかに）わしは別に何も言う気はない！　ただ、人に良いことをしてやらなかったってことは、悪いことをしたのと同じだって言いたいだけだ……

メドヴェージェフ　（理解できずに）そうなのか！　とにかく、おれたちは……みんな互いに知っている……だが、貴様はいったい何者なんだ？（怒ったように鼻を鳴らし、すばやく退場。）

ルカ　部長どのがお怒りあそばした……あーあ、わしが見る限り、このうちの事情はずいぶん込み入っているなあ！

ペーペル　あいつ、急いでワシリーサに告げ口する気だ……

ブブノフ　馬鹿だなあ、ペーペル。おめえは何だか勇気がありすぎるんだよ……勇気なんてもんはな、場所をわきまえなきゃ……森にきのこ狩りに行くってんなら勇気も必要だ……だけどな、ここじゃあ、何の役にも立たねえ……やつら、おめえの生首引っこ抜いちまうぜ……

ペーペル　そうはさせねえ！　おらたちは天下のヤロスラヴリ生まれだ、一筋縄じゃいかねえぞ……戦いになるなら、大いに戦ってやろうじゃねえか……

ルカ　だがな、にいさん、ほんとに、おまえさんはここから離れたほうがよさそうだ。

ペーペル　どこに行きゃいいんだ？　さあ、言ってみなよ……

ルカ　行くなら……シベリアだ！

ペーペル　へん！　いやなこった、シベリアなら、官費で送られるのを待つことにするぜ……

ルカ　いや、わしの言うことを聞いて、行ってみるんだ！　あそこなら、おまえさんにも行くべき道が見つかるんだよ……あそこじゃ、おまえさんのような人間が必要なんだ！

ペーペル　おらの行く道なんか、もうとっくに決まっちまってるよ……親父はずーっと牢屋暮らしで、おらにもそのとばっちりだ……おら子供のころから、もう泥棒、泥棒の子って呼ばれてきたんだ……

ルカ　だけど、いいとこだぞ、シベリアは！　黄金の国だ！　知恵と力のある者なら、温室の中のキュウリみたいにどんどん大きくなれるんだよ！

ペーペル　じいさん！　どうして嘘ばっかりつくんだ？

ルカ　なんだって？

ペーペル　つんぼになっちまったのかい！　なんで嘘つくんだって言ってるんだよ！

ルカ　どこが嘘だっていうんだ？

ペーペル　何もかもだよ……あっちも良けりゃ、こっちもいいだなんて……嘘だろ！　何のために嘘つくんだ？

ルカ　いや、おまえさんはわしを信じるんだ。行ってみて自分の目で見るんだ……そうしたらな、わしにお礼を言いたくなるぞ……おまえさん、何だってこんなところでぐずぐずしてるんだ？　それに……何でまたそんなに真実を求めるんだ？……まあ考えてもごらんよ！　真実なんてものは、おまえさんにとっちゃ身の破滅も同然じゃないのか……

ペーペル　おらにとっちゃ何だって同じことさ！　身の破滅なら身の破滅でいいのさ……

ルカ　おまえさんも変なやつだねえ！　何のために自分で自分の首を締めるような真似をするんだ？

ブブノフ　何を二人ともこそこそ話してるんだ？　わからねえなあ……ペーペル、おめえにどんな真実が必要だってんだ？　何のために？　おめえはもう現実を知っているし、まわりの連中だって知ってるさ……

ペーペル　ちょっと待て、そうがあがあ言うなよ！　このじいさんに答えてもらおう……なあ、じいさん、神さまっているのか？

ルカは微笑みながら黙っている。

ブブノフ　人間なんてみんな、木っ端が川に流されるみてえに……生きてるんだ……家を建てたところで……木っ端は、どんどん流されていっちまう……

ペーペル　で……神さまはいるのか？　どうなんだ？……

ルカ　（静かに）信じるなら神は存在する。信じなければ存在しない……何だって信じていれば存在するんだ……

ペーペルは黙ったまま、驚きの目を瞠《みは》ってじぃーっとルカを見つめている。

ブブノフ　お茶でも飲みに行こうぜ……居酒屋に行かないか？　なあ！

ルカ　（ペーペルに）何を見てるんだ？

ペーペル　なんでもねえよ……ちょっと待ってくれ！……てことは、つまり……

ブブノフ　じゃあ、おれひとりで行くぜ……（戸口のほうに歩いていくと、ワシリーサと出会う）

ペーペル　つまり……あんたは……

ワシリーサ　（ブブノフに）ナターシャはうちにいるかい？

ブブノフ　いねえよ……（退場）

ペーペル　ああ……来やがったか……

ワシリーサ（アンナに近づいて）まだ生きてんのかい？
ルカ　そっとしておいてやんなさい……
ワシリーサ　おまえ……何こんなとこに突っ立ってんのさ？
ルカ　出て行こうか……そのほうがいいなら……
ワシリーサ（ペーペルの部屋の戸口のほうに向かいながら）ペーペル！　おまえに話があるんだよ……

ルカ、玄関の戸口に近づき、戸を開けると、大きな音を立てて閉める。そのあと、用心深く板寝床に這い上がり、さらに暖炉の上に上がる。

ワシリーサ（ペーペルの部屋の中から）ワーシャ……こっちにおいで！
ペーペル　行かねえよ……やだよ……
ワシリーサ　え……いったいなんなのさ？　なに怒ってんだよ？
ペーペル　むしゃくしゃするんだ……面倒なことがぜんぶ嫌になっちまったんだ……
ワシリーサ　あたしのことも嫌になっちまったのかい？
ペーペル　ああ、おめえもだ……

ワシリーサは肩にかけたスカーフをきつく締め、両手を胸に押し当てる。アンナの寝台に近寄り、注意深くカーテンの向こうを覗き込むと、ペーペルのところに戻ってくる。

ペーペル　で……何の話だ……

ワシリーサ　いまさら何を話すことがあるってんだ？　愛は強制できるものじゃないし……あたしゃお情けの愛にすがるような女じゃないからね……ほんとのこと言ってくれて、ありがたいよ……

ペーペル　ほんとのことって何だよ？

ワシリーサ　あたしが嫌になっちまったってこと……それとも、それはほんとうじゃないのかい？

ペーペル、黙ってワシリーサを見ている。

ワシリーサ（男のほうににじり寄りながら）なに見てんのさ？　あたしの顔がわかんないのかい？

ペーペル（ためいきをつきながら）おめえは綺麗だ、ワシリーサ……

ワシリーサはペーペルの首に手をまわすが、ペーペルは肩をゆすって、その手を振りほどく。

ペーペル　だけど、おれは一度たりとも、おめえを愛《いと》しいと思ったことはねえんだ……おれ、確かにおめえとこういう仲になったけど、それだけのことさ……一度だっておめえをほんとに好きだと思ったことはねえんだ……

ワシリーサ（小声で）そうなの……それで……

ペーペル　だから、お互いに話すことはなんもねえ！　なんにもねえんだ……もうあっちへ行ってくれよ……

ワシリーサ　他の女に惚れたんだね？

ペーペル　おめえには関係ねえ……惚れたとしても……おめえに仲人は頼まねえよ……

ワシリーサ（意味ありげに）そりゃ残念ね……もしかしたら、あたしが仲人できたかもしれないのにね……

ペーペル（訝しげに）そりゃ誰のことだ？

ワシリーサ　知ってるくせに……何とぼけてんだ？　ペーペル……あたしゃ、まっすぐな人間だ……（声を低めて）隠さずに言っちまうよ……あんたはあたしを侮辱したんだ……何の理由もなく、あたしを鞭でぶつようなことをしたんだ……愛してるって言っときながら……急に手の平返して……

ペーペル　急じゃねえんだ……おれ、もうずっと前から……おめえには心ってものがねえんだ……女には心がねえと駄目なんだ……おれたち男は獣《けだもの》さ……男には必要なんだ……仕込んでもらうことが必要なんだ……なのに、おめえはおれに何を仕込んでくれた？……

ワシリーサ　今までのことは、なかったことにするのかい……あたしゃわかってるよ、人間の感情なんて自分の意志じゃどうにもならない……これ以上、愛せないっていうんなら……わかったよ！　それならそれで仕方ない……

ペーペル　それじゃ、つまり、これでおしまいってことだな！　喧嘩もせず、素直に別れてくれて……よかったよ！

ワシリーサ　ねえ、ちょっと待っとくれよ！　そうは言っても、あんたと深い仲になってから……あたしゃずーっと心待ちにしてたんだよ、あんたがこの泥沼からあたしを助け出してくれるってね……あたしを亭主や、叔父や、ここの生活そのものから自由にしてくれるのを待ちに待ってたんだ……もしかすると、ワーシャ、あたしが愛してたのはあんたじゃなくて、あんたの中に見つけた、あたしの希望、自由になれるっていう考えだったのかもしれない……わかる？……あたしはあんたがここから引っこ抜いてくれるのを待ってたんだよ……

ペーペル　おめえは釘じゃねえし、おれも釘抜きじゃねえんだ……おめえは賢い女だって、思ってたんだ……だって賢いじゃねえか……おめえはずいぶんとやり手じゃねえか！

ワシリーサ　（ペーペルのほうに接近して身をかがめながら）ワーシャ……お互いに助け合おうじゃ

ないの……
ペーペル　そりゃどういうことだ？
ワシリーサ（静かに、力をこめて）妹よ……好きなんだろ……知ってるさ……
ペーペル　それで、おめえ妹をあんなにひどくぶったんだな！　いいか、ワシリーサ！　あの子に指一本触れさせねえぞ……
ワシリーサ　お待ちよ！　そうカッカしなさんな！　静かに友好的に話そうじゃないか……どう、あの子と一緒になったら？　そしたらあたし、あんたにお金もあげるよ……三百ルーブリぐらいね！……もっと集められたら、もっとたくさんあげるよ……
ペーペル（ワシリーサから離れながら）ちょっと待った……そりゃどういうことだ？　どういうわけで？
ワシリーサ　あたしを自由にして……あの亭主から！……あたしを締めつけてる首輪をはずしてほしいのよ……
ペーペル（静かに口笛を鳴らす）そーいうことかい！　ははーん！　そりゃ、おめえ、うまい具合に考えやがったな……つまり、亭主は棺桶に、情夫《いろ》は流刑地に、だけどあたしだけはってんだな……
ワシリーサ　ワーシャ！　何で流刑地なんて言うんだい？　あんた自分でやらなくても……仲間にやらせりゃいいじゃないか……それに自分でやったところで、誰に知られるもんか。ナターシャのためだよ、考えてもごらんよ！　お金も手に入る……どこへでも行きゃいい……あたしを一生涯、自由にしてくれれば……妹だってあたしのそばにいなくてすむ……そのほうがあの子にとってもいいんだ……あたしゃ妹の顔を見るのが辛い……あんたのせいで、あたしゃ妹を憎んでるんだ……我慢なんてできやしない……あの子を苦しめて、ぶつんだよ……あんまりひどくぶつと、あの子がかわいそうになって自分でも泣けてくる……なのに、それでもぶつんだよ……これからだって、ずっとぶつんだ！

ペーペル　この獣が！　自分の残忍さを自慢してんのかよ？

ワシリーサ　自慢なんかしてないさ、ほんとのこと言ってんだよ。ねえ考えてよ、ワーシャ……あんた、うちの亭主のおかげで二度も牢屋にぶちこまれたんだよ……あいつの強欲のせいで……あいつは南京虫みたいにあたしに食い付いて　この四年間ずっとあたしの生き血を吸いやがったんだ……そんなやつがあたしの亭主だって言える？……ナターシャのことも苛めて、乞食呼ばわりして馬鹿にするんだ！　誰が見たってあいつは毒蛇だよ……

ペーペル　おめえ、うまい具合にけしかけるじゃねえか……

ワシリーサ　あたしの言いたいことは、よーくわかるだろ……これで何が言いたいのかわからなきゃ、よっぽどの馬鹿だね……

コスティリョフ、そーっと入ってきて、忍び足で前方に進む。

ペーペル　（ワシリーサに）さあ……もう行けよ……

ワシリーサ　考えときな！（夫に気づく）あんた、何の用？　あたしをつけてきたのかい？

ペーペル、跳び上がり、驚いたようにコスティリョフをじっと見つめる。

コスティリョフ　そうだ、おれだ……おれだよ！　おまえたち、ここで二人きりか？　ああ、二人で話し込んでたのか？（突然、足を踏み鳴らし、甲高い声でわめく）ワシリーサ、このやくざ女！　乞食……売女《ばいた》め、（二人が黙ったまま身じろぎもしないので、自分の叫び声にぎょっとする）神よ、お赦しください……ワシリーサ、おまえはまた、おれに罪深いことをさせたんだぞ……おれはさんざんおまえを探しまわったんだ……（金切り声で叫ぶ）もう寝る時間だ！　灯りに油を注ぐのを忘れやがって……ふん、この野郎！　乞食……豚……（震える両手を妻に向って振りまわす）

ワシリーサはペーペルの方を振り返りながら、ゆっくり玄関に通じる扉のほうに進む。

ペーペル　（コスティリョフに）てめえ！　出て行け……失せろ！……

コスティリョフ（叫ぶ）おれが主人だ！　おまえこそ出て行け、ええ！　泥棒野郎……

ペーペル（低い声で）失せろ、コスティリョフ……

コスティリョフ　何をぬかすか！　出て行くものか……おまえこそ……

ペーペルはコスティリョフの襟首を摑み、揺さぶる。暖炉の上から大きな物音と吼えるようなあくびが聞こえてくる。ペーペルはコスティリョフを放す。コスティリョフは叫びながら玄関のほうへ駆けて行く。

ペーペル（板寝床に飛び乗る）誰だ……暖炉の上にいるのは誰だ？

ルカ（頭を突き出しながら）何だね？

ペーペル　あんたか⁈

ルカ（穏やかに）わしだ……わしだよ……ああ、主よ、イエス・キリストよ！

ペーペル（玄関に通じる扉を閉め、かんぬきを探すが見つからない）ああ、畜生……じいさん、降りてこいよ！

ルカ　いま……降りるよ……

ペーペル（荒っぽく）あんた、どうしてまた暖炉の上に上がったんだよ？

ルカ　じゃ、どこに行きゃよかったんだい？

ペーペル　だって……あんた、玄関へ出て行ったろ？

ルカ　玄関はな、おまえさん、年寄りには寒いんじゃ……

ペーペル　あんた……聞いてたのか？

ルカ　そりゃあ、聞こえたさ！　聞こえないわけがない。わしゃつんぼじゃない。ああ、それにしても、おまえさん、ついてるね……ほんと、ついてるよ……

ペーペル　（いぶかしげに）おらがついてるってか？　どこが？

ルカ　わしが暖炉の上にあがったことがさ……

ペーペル　あんた何であそこで騒ぎ出したんだ？

ルカ　何でって、熱くなったんだよ……それが天涯孤独のおまえさんには幸いしたな……おまえさんが誤ってあの老人を絞め殺しでもしたらまずいと思ったんだ……

ペーペル　そうだな……おらは殺《や》りかねなかったよ……あいつを憎んでるからな。

ルカ　何ていうこともなく、簡単に殺っちまえるものなあ……だから、しょっちゅうそういう過ちを犯しちまうんだ……

ペーペル　（笑みを浮かべながら）何だよ……あんたも昔、そういう過ちを犯したことがあるのか？

ルカ　おまえさん！　わしの言うことをよーく聞くんだ。あの女とは手を切らなきゃだめだ！　あんな女は絶対に近づけちゃいけない！……亭主なんか、あの女は自分で片付けちまうよ、しかも、おまえさんなんかよりずっと手際よくな、そうだろ！　あんな悪魔の言うことを聞いちゃいけない……わしを見ろ、どんな顔になってる？　すっかり禿げちまってる……何でだと思う？　まさにああいう女たちのせいだ……まったくいろんな女たちがいた……わしはふさふさしていた髪の毛の数よりたくさんの女を知ってたかもしれん……それにしても、あのワシリーサは残忍なチェレミス人よりもひどいぞ！

ペーペル　おらにはわかんねえ……あんたに礼を言えばいいのか、それとも、あんたも……

ルカ　おまえさんはもう何も言うな！　わし以上にいいことなんて言えっこないんだから！　いいかい、好きな娘の手をとって、ここから出て行くんだ、立ち去るんだ！　ずっと遠くへな……

ペーペル　（陰鬱に）人間なんてわかるもんか……誰が善人で、誰が悪人か？……何もわからねえさ。

ルカ　何でわからなきゃいけないんだ？　人間、いろんな生き方をするものさ……心のおもむくままに生きるものさ……今日は善人でも、明日は悪人ってわけだ……あの娘が心底気に入っているなら……あの娘といっしょにここを出るんだ、そうしなきゃ……でなければ、ひとりで行くんだな……おまえさんは若いんだから、女を見つけるのはわけないさ……

ペーペル　（ルカの肩を摑む）いや、それより、何でそんなことをおらに言うんだ……

ルカ　ちょっと待て、放してくれ……アンナの様子を見てこないと……なにやら苦しそうな声を

出してたんだ……（アンナの寝台に近づき、カーテンを開けると、覗き込み、彼女に手を触れる）

ペーペル、物想わしげに、呆然として、ルカを見守っている。

ルカ　慈悲深きイエス・キリストよ！　あらたにみまかりし汝のしもべアンナを安らかに召させたまえ……

ペーペル（静かに）死んだのか？……（その場に立ったまま背伸びをして、寝台を覗き込む）

ルカ（静かに）苦しみ抜いて、やっと楽になったんだ！　ところで、この人の亭主はどこにいるんだ？

ペーペル　居酒屋だろうな、たぶん……

ルカ　知らせてやらないとな……

ペーペル（震えながら）おら、死人は嫌いだ……

ルカ（戸口の方に行く）そりゃ死人を好きになることはないだろ……生きてる人間を愛してやらなきゃ……生きてる人間をな……

ペーペル　おらも、一緒に行くよ……

ルカ　怖いのか？

ペーペル　嫌なんだよ……

急いで退場。空虚と静寂が漂う。玄関に通じる戸口の向こうで、不規則な、わけのわからない鈍い騒音が聞こえる。

俳優（戸を閉めずに敷居のところに立ち止まり、両手で側柱に摑まりながら叫ぶ）じいさん、おーい！　どこにいるんだ？　おれは思い出したぞ……聞いてくれよ。（よろめきながら、二歩前進し、ポーズをとりながら朗読する。）

「諸人《もろびと》よ！　もし、この世にて
聖なる真実に至る道を
見出すことあたわざるなら、
人類に黄金の夢を見させる
狂人に栄誉あれ！」

ナターシャ、俳優の背後より戸口に現われる。

俳優　じいさん！

「もし、明日にもわれらが太陽
われらの道を照らすこと忘るるならば、
明日なる日、
この世を隈なく照らすは
どこぞの狂人の思想なり」

ナターシャ　（笑う）おばかさん！　酔っ払ってるのね……

俳優　（ナターシャの方に振り向きながら）ああ、ナターシャか？　ところで、じいさんはどこだ？……あの愛すべきじいさまは？　ここにはどうやら、誰もいないようだな……ナターシャ、さらばじゃ！　さらばじゃ……だな？

ナターシャ　（入りながら）「こんにちは」も言わないで、もう「さよなら」なのね……

俳優　（ナターシャの行く手を遮りながら）おれは旅立つんだ、ここを出て行く……春が来たら、おれはもういない……

ナターシャ　通してよ……あなた、どこに行っちゃうの？

俳優　ある町を探しにな……治療を受けるんだ……おまえも出て行くんだ……オフィーリヤよ……尼寺へ行け……わかるかな、オルガニズムを治す酔っ払いのための病院があるんだ……素晴らしい病院なんだ……大理石……大理石の床でな！　明るくて……清潔で、食べるものもあって何もかもそろっていて、しかもただなんだ！　それに大理石の床だぞ！　おれはその病院を見つけて、身体が治ったら……新たにやり直すんだ……おれは生き返ろうとしているんだ……リア王が……言ったようにな！　ナターシャ……おれの芸名はな、スヴェルチコフ＝ザヴォルスキーっていうんだ。誰もそれを知らない、誰も！　ここじゃ、おれは名なしの権《ごん》兵衛《べえ》だ……おまえにわかるかな？　名前を失うってことが、どんな屈辱か。犬でさえ呼び名を持ってるってのに……

ナターシャ、気をつけながら俳優を避けて通ると、アンナの寝台のそばで立ち止まり、覗き込む。

俳優　名前がなければ、人間は存在できないんだ……
ナターシャ　ねえ、見てよ……ちょっと……死んでるわ……
俳優（首を振りながら）まさか……
ナターシャ（後ずさりしながら）ほんとよ……見てよ……
ブブノフ（戸口で）何を見ろってんだ？
ナターシャ　アンナが……死んじゃったのよ！

ブブノフ　もう咳はしなくなったってことだな。（アンナの寝床のほうに行き、様子を見てから、自分の場所に行く）クレーシィに知らせてやらなきゃ……こりゃあ、やつがちゃんと始末しねえとな……

俳優　おれが……言ってきてやるよ……この女も名前がなくなっちまったんだなあ！

ナターシャ　（部屋のまん中で）そのうちあたしも……いつかこんなふうに……この穴倉で……いびり殺されてしまうんだわ……

ブブノフ　（自分の板寝床で何かぼろきれを広げながら）何だ？　おめえ、なにぶつぶつ言ってんだ？

ナターシャ　なんでもないわ……ひとりごとよ……

ブブノフ　ぺーぺルを待ってんだな？　気をつけろよ、そのうち、おめえの脳天たたき割っちまうぞ、あのぺーぺルは……

ナターシャ　誰にたたき割られたって同じじゃない？　それならいっそ、あの人にたたき割ってもらったほうがいいわ……

ブブノフ　（横になる）そりゃ、おめえの勝手にすりゃあいい……

ナターシャ　だけどねえ……この人、死んでよかったのよ……そりゃあ、かわいそうだけど……ああ神さま！　何のためにこの人は生きていたのかしら？

ブブノフ　人間は誰だって、生まれて、生きて、死んでいくのさ。おれも死ぬし、おめえも死ぬ……かわいそうがることなんてないさ！

ルカ、ダッタン人、クリヴォイ・ゾブ、クレーシィ登場。クレーシィ、身体を縮こませながら、みんなの後からゆっくり入ってくる。

ナターシャ　シーッ！　アンナが……

クリヴォイ・ゾブ　聞いたよ……死んじまったんなら、冥福を祈ろう……

ダッタン人（クレーシィに）あっち運ばなきゃ、ダメ！　玄関、運ばなきゃダメ！　ここ死んだ人ダメ、ここ生きてるの人寝る……

クレーシィ　運ぶぜ……

皆、寝台に近づく。クレーシィは他の人たちの肩越しに妻を見ている。

クリヴォイ・ゾブ（ダッタン人に）おめえ、匂いがすると思ってんのか？　この人は匂わないよ……生きてるときからもう、全身ひからびちまってたからな……

ナターシャ　何てこと言うの！　少しはかわいそうだと思わないの……誰か何か言ってあげてよ！　ああ、あなたたちときたら……

ルカ　なあ娘さんや、怒ることはないよ……どうってことないさ！　この人たちに……わしらに……死んだ人間を憐れむ余裕なんかあるものか。なあ、娘さんよ！　生きてる人間も憐れまねえし、自分で自分を憐れむこともできねえんだ……だったら、そんな余裕があるものか！

ブブノフ（あくびをしながら）それになあ……死んじまったら何を言っても仕方ねえ……病気なら何か言ってやれるだろうけど、死んじまったら……もうどうしようもねえさ！

ダッタン人（そばから離れながら）警察、必要……

クリヴォイ・ゾブ　警察には絶対に届けねえとな！　クレーシィ！　届けは出したか？

クレーシィ　いいや……埋葬しなきゃなるめえ……だけど、おれには全部で四十コペイカしかねえ……

クリヴォイ・ゾブ　まあ、そんなら、借りるしかねえな……でなきゃ、おれらで集めてやろう……出せるやつは五コペイカ、それが無理ならいくらか出せるだけ出してもらえばいい……だけど、警察には届けろよ……なるべく早くな！　そうしねえと、おめえが女房殺しただの……何だのと警察に疑われちまうぞ（板寝床の方に行き、ダッタン人の隣で横になろうとする）……

ナターシャ（ブブノフの板寝床の方に行きながら）ああ……これからは、この人があたしの夢に出てくるんだわ……あたしはいつも死んだ人の夢を見てしまうの……ひとりで帰るの、怖いわ……玄関は暗いし……

ルカ（ナターシャの後についていきながら）おまえさんは生きた人間に用心しないと……それだけ

は言っとかないとな……

ルカ　うん行こう、行こう、送ってやるとも！

ナターシャ　おじいさん、送ってくれない？

退場。間。

クリヴォイ・ゾブ　オー、オー、オー！　アサン！　もうすぐ春だぞ、おめえ、おれたちもあったかく暮らせるようになるなあ！　いまごろは、もう村々じゃあ百姓たちが鋤や鍬を手入れして、土地を耕す準備をしてるだろうな……そうよなあ！　おれたちのほうは……アサン！　あれまあ、もうぐっすり寝てやがる、このばちあたりなマホメットが……

ブブノフ　ダッタン人は寝るのが大好きさ……

クレーシィ　（木賃宿のまん中に立ち、自分の目の前をぼんやり眺めている）いったいおれは、これからどうすりゃいいんだ？

クリヴォイ・ゾブ　クレーシィ　横になって、寝ろ……それだけのことさ……

クレーシィ　（静かに）だけど……女房は……どうすりゃいいんだ？

誰も彼に答えない。サーチンと俳優が入ってくる。

俳優 （叫ぶ） じいさん！　ちこう寄れ、わが忠臣ケント〔シェイクスピアのリア王の忠臣〕よ……

サーチン　ミクルーハ＝マクライ殿〔ロシアの著名な旅行者〕のおなりだぞー……ホ、ホ！

俳優　もちろん、采《さい》は投げられた！　じいさん、あの町はどこにあるんだ……じいさん、どこにいるんだ？

サーチン　蜃気楼《ファータ・モルガナ》さ！　おめえはじいさんにはめられたんだ……なんにもありゃあしねえ！　そんな町はねえし、そんな人間たちもいねえ……なんにもねえんだ！

俳優　嘘だ！

ダッタン人 （飛び起きて） 亭主どこだ？　亭主とこ行く！　寝られないのに、金取る、それダメ……死んだ人……酔っ払い……（素早く立ち去る）

サーチン、ダッタン人の後姿に口笛を吹く。

ブブノフ （眠そうな声で） みんな横になれ、騒ぐな……夜は寝るもんだ！

俳優　そうだ……ここだ……そうか！　死人だ……「われらが網に死人かかりて」……そんな詩がある……べ、ベランジェ〔フランスの詩人、小唄作家〕の詩だ！

サーチン （叫ぶ） 死人に聞こえはせぬ！　死人は感じたりはせぬ！……叫んでも吼えても……死

人に聞こえはせぬ！……

戸口にルカが現われる。

第三幕

さまざまな襤褸《ぼろ》くずが散らばり、雑草が生い茂った裏の「空き地」。その奥に背の高いレンガ造りの防火壁が聳え、空を見えなくしている。その傍らにニワトコの灌木。右手には納屋か厩《うまや》とおぼしき附属の建物の黒ずんだ丸太造りの壁。左手にあるのは、コスティリョフの木賃宿の家の灰色の壁で、漆喰がところどころ剝げている。この壁は斜めに傾いているので、壁の奥の角は空き地のほとんど真ん中に突き出て見える。この壁と赤レンガの壁の間に狭い通路。灰色の壁には二つ窓がある。一つの窓は地面すれすれで、もう一方の窓はそれより約一メートル半高く、防火壁の近くにある。その壁のそばに、滑り木を仰向けにした荷橇と、長さ約三メートルの丸太の切れ端が転がっている。壁の右側には古い板と木材の山。夕暮れ、陽は防火壁を赤々と染めながら、沈みゆく。早春。雪が融けて間もない。ニワトコの黒ずんだ枝はまだ芽吹いていない。ナターシャとナスチャが丸太に並んで腰かけている。荷橇にはルカと男爵が座り、クレーシィは右の壁のそばにある木材の山に身を横たえている。地面すれすれの窓にはブブノフの顔が見える。

ナスチャ　（目を閉じ、首を振りながら言葉の拍子を取り、歌うように語り聞かせる）それでね、あの人は二人で決めたとおり夜中、庭のあずま屋にやってきたの……あたしはもうずっと前からあの人を待ってたから、恐怖と悲しみに震えているの。あの人も全身震えていて、チョークみたいに真っ白で、その手にはピストルを持っている……

ナターシャ　（種をかじる）まあ！　学生さんは向こう見ずだって言うけど、本当なのね。

ナスチャ　そして彼は痛ましい声であたしに言うの、「いとしの僕の恋人……」って。

ブブノフ　ハッ、ハッ！　いとしの、と来たか？

男爵　ちょっと待て！　いやなら聞かなくてもいいから、嘘つきの邪魔をするなよ……それで！　その続きは？

ナスチャ　「いとしい、いとしい我が恋人よ！」とあの人は言うのさ。「両親は僕があなたと結婚することを許してくれません。……そして、僕のあなたに対する愛を永遠に呪うと威すのです。こうなると、僕はもう死を選ぶしかありません」ってね。そしてあの人のピストルは異様なほど大きくて、十発も弾が込められているの。「永遠にさようなら、優しい僕の心の友よ」ってね。「僕はきっぱりと決心したんだ。あなたなしに生きていくなんて、僕には絶対に不可能です」って言うの。そこであたし、あの人に答えたわ。「忘れがたき我が友、ラウルよ……」。

ブブノフ （驚いて）なんだって？　なんていった？　クラウルか？

男爵 （大笑いして）ナスチャ！　だってさ……だって、この前のときはガストンだったじゃないか！

ナスチャ （跳び上がりながら）うるさい……ろくでなし！　ああ、野良犬どもが！　いったい……いったいあんたたちに恋ってものが……理解できんの？　ほんものの恋がね？　いい、あたしには、それがあったんだよ……ほんものの恋がね！　（男爵に）あんた！　つまんないやつだね！　教養があるとか何とか言ってるけど、寝ころんで、コーヒー飲んでただけじゃない……

ルカ まあ、おまえさんたち、ちょっと待ちなさい！　人の邪魔をしちゃあいけないなあ！　人は尊敬してやらないと……大事なのは言葉じゃない……何でそんなことを話すのか、そこを汲んでやることが肝心なんだよ！　さあ、お嬢さん、話してごらん、気にしないで！

ブブノフ じゃんじゃん尾ひれをつけりゃいい……さっさとやってくれよ！

男爵 さあ、それで！　続きは？

ナターシャ　この人たちの言うこと、聞かなくていいわ……この人たちが何よ！　やきもちやいてるだけよ……自分たちには、なーんにも話すことがないから……

ナスチャ　（ふたたび座る）もういい！　話したくない……この人たちが信じてくれないなら……笑いものにするなら……（急に口をつぐみ、数秒間黙る。そして、ふたたび目を開け、言葉の拍子を取るように手を振り、まるで遠くに響く音楽に耳を澄ますようにしながら、大きな声で熱情的に語り続ける。）それでね、あたし、あの人にこう答えたの。「あなたは、あたしの人生の歓びよ！　光り燦《かがや》くあたしのお月さま！　あたしだって、あなたがいなければこの世に生きることなんて、絶対にできないわ……だって気が狂うほどあなたを愛しているんですもの、この胸の鼓動が続く限り、あなたを愛さずにはいられないんですもの！」ってね。「でも、あなたの若い命が失われることがあってはいけませんわ。あなたのお命はご両親にとって、どんなに大切なものでしょう。だって、ご両親にとってあなたは、生きる歓びそのものなんですもの……あたしのことはお見捨てになって！　あなたに恋こがれるあまり……あたしが死んでしまったほうがいいんです。あたしの命なんて……あたしは身寄りのない……こんな女です！　あたしが死んだって、どうってことないんです！　あたしは何の役にも立たない女です……あたしには、なんにもないんです……」（両手で顔を蔽い、声を出さずに泣く）

ナターシャ　（顔をそむけて、小さな声で）泣かないで……泣かなくてもいいじゃない！

ルカ、笑みを浮かべながら、ナスチャの頭を撫でる。

ブブノフ（大声で笑う）あーははは……ろくでもねえ作り話だ！　ええっ？

男爵（一緒に笑う）じいさんや！　これがほんとの話だと思うのか？　ぜーんぶ『宿命の恋』って本からとってきたものさ……みーんな、でたらめだ……真に受けるな！……

ナターシャ　それがどうしたっていうの？　ひどい人！　もう黙ってて！……馬鹿な口出ししないで……

ナスチャ（激怒して）このろくでなし！　役たたず！　おまえには心ってものがないんだ！

ルカ（ナスチャの手をとって）娘さん、あっちへ行こうよ！　どうってことあない……そう怒んで！　わしにはわかる……わしは信じる！　これはおまえさんの真実であって、ここの連中の真実じゃないんだ……おまえさんが信じるなら、ほんものの恋はあったってことさ……つまり、あったことなんだ！　あったんだよ！　だけど、この人に腹を立てることはないよ、同じ宿に住んでんだから……この人は……もしかしたら、ほんとうにやっかんで笑ったのかもしれないよ……この人には、まことの恋がまったくなかったのかもしれないね……なんにもなかったのかもしれない！　さあ、行こう！……

ナスチャ（強く両手を胸に押し当てながら）おじいさん！　ほんとのほんとに……あったんだよ！　何もかもあったことなんだよ！　あの人は学生で……フランス人だった……ガストンってい

う名前だった……黒い顎鬚をはやしてて……エナメルのブーツをはいてた……もしこれが嘘だったら、この場で雷に打たれて死んだっていいよ！　そしてね、あの人、ほんとにあたしのことを愛してくれたんだ……すっごく愛してくれたんだ……

ルカ　わかるよ！　大丈夫！　信じるよ！　エナメルのブーツだって言うんだな？　そうか、そうか！　それで、おまえさんもその人を愛してたんだな？

ルカとナスチャ、角の向こうに退場。

男爵　まったく馬鹿な女だ……気はいいんだけど……オツムの方がなあ……やってられないね……

ブブノフ　それにしても何だなあ……人間ってやつは、ほんとに嘘をつくのが好きだねえ。四六時中、予審判事の前に立っているみてえだ……まったくなあ！

ナターシャ　きっと、嘘の方が……本当のことよりも楽しいからよ……あたしだって……

男爵　「あたしだって」ってか？　それで？

ナターシャ　いろいろと空想して……空想して、待っているの……

男爵　何を？

ナターシャ　（困ったように微笑みながら）そうねえ……こんなふうに思うの……明日……誰かが……誰か……特別な人がやって来るって……それとも、何かが起きる……今までになかったようなことが……ずーっと待っているの……いつも待っているの……でも……ほんとは……待つものなんて何もないのよ……

間。

男爵　（苦笑いをして）待つものなんて何もないさ……おれは何も待っていない……もう何もかも……過去のことだ！　通り過ぎてしまったんだ……終わったんだ！　それで？

ナターシャ　でなきゃ、あたし想像するの……明日にでも、あたし……突然、死んでしまうって……するとね、恐ろしくなるの……でも夏になると、何てことなく自分が死ぬのを想像できてしまうの……だって夏はよく雷が鳴るでしょ……いつ雷に打たれて死んだっておかしくないんだもの……

男爵　おまえの生活も楽じゃねえよな……おまえの姉さんは……悪魔のようなやつだからな！

ナターシャ　でも、誰が楽な生活をしてるっていうの？　みんな辛いのよ……あたし、わかってるわ……

クレーシィ　（それまで身動きもせず、音も立てなかったが、いきなり起き上がって）みんながか？　嘘つけ！　みんなじゃねえよ！　もしみんなだったら、そりゃいいや！　そんなら、腹も立たねえよ……そうだろ！

ブブノフ　なんだよ、おめえ、悪魔にでも取り憑かれたのか？　急に叫んだりして！

クレーシィ、ふたたび自分の場所に横たわり、何やらぶつぶつ呟く。

男爵　それはそうと……おれ、ナスチャのとこに行って、仲直りしなきゃな……仲直りしないと、飲み代《しろ》もらえなくなるから……

ブブノフ　うーん……人は嘘をつくのが大好きだ……まあ、ナスチャのことはよくわかる！　あいつは自分の顔をぬりたくるのが習慣になっちまった……だから、心もぬりたくりたいんだ……心にも頬紅をつけようってんだな……だけど……ほかのやつらは何のために嘘をつくんだ？　たとえば、あのルカなんかは……あいつは次から次へと嘘をつく……何の得にもならねえことで……いい年して……何のためなんだ？

男爵　（せせら笑いながら、そばから離れる）人間誰しも、心が灰色なんだよ……だから、みんな少しばかり紅をさしたがるというわけさ……

ルカ　（角から出てくる）なあ、だんな、おまえさん何だって、あの子の神経を逆なでするんだ？　何もあの子の邪魔をすることはないだろ……思う存分、泣かせてやればいいじゃないか……あの子は楽しんで泣いているんだから……なあ……それでおまえさん、何か困ることでもあるのかい？

男爵　ばかげてるのさ、じいさん！　あの女にはうんざりだ……今日はラウル、明日はガストン……そのくせ、いつだって馬鹿のひとつ覚えみたいに、おんなじ話だ！　だけどまあ、仲直りしに行ってくるよ……（退場）

ルカ　ああ、行っておやり……そして、優しくしてやるんだ！　人に優しくして決して損はないからね……

ナターシャ　いい人ね、おじいさん……どうして、そんなにいい人なの？

ルカ　いい人だって、言ってくれるのか？……まあ、そんなら、そういうことにしておこうか……そうだな！

赤い壁の向こうからアコーディオンと歌が静かに聞こえてくる。

ルカ　なあ、娘さんや、この世に誰かいい人がいてくれなきゃな……人々を憐れんでくれる人がいなきゃあな！　キリストさまはみんなを憐れんでくだすったし、我々にもそうせよ、とお命じになった……おまえさんに言っておくがな、ここってときに人を憐れんでやるのが……大事なんだ！　たとえば、こんなことがあった。わしはトムスクの町の郊外にある技師の別荘で番人をしていた……それで……別荘は森の中にあって、そりゃあ辺鄙な場所だ。冬が来るとわしはその別荘でひとりきりだ……じつにすてきだったなあ！　だがある日、ふと気づくと、何者かが忍び込んでくる！

ナターシャ　泥棒？

ルカ　そうさ。忍び込んでくるんだから、泥棒だ！……わしは鉄砲を持って表へ出た……見ると、二人の男が……窓をこじ開けようとしていた。二人はもうそれに夢中でわしには気づきもしない。わしは二人に向かって怒鳴った。「おい、おまえら！……さっさと失せろ！」ってな……ところが、やつらは斧を振りかざして、わしに襲いかかろうとした……わしは機先を制して、「動くな、さもないと撃つぞ！」とやつらに言ってやった……そう、鉄砲で一人一人を交互にねらってやった。やつらはその場にへたりこむと、見逃してくれって土下座した。だがな、やつらが斧を振り上げたせいで、わしもカッとしてたんだな！　こう言ってやったよ。「森の化け物ども、わしはおまえらを追っ払ったのに、居座ろうとしやがった……だから、どちらか一人が木の枝を折って来い」ってな。一人が枝を折って来た。今度は、「一人が横になって、もう一人がそいつをぶつんだ！」と命令してやった。それで、やつら、わしに命令されて、かわりばんこに相手をぶったんだ。ところが互いにぶち終わると、二人は何て言ったと思う？「おじいさん、お願いですから、パンをお恵みください。何も食べずに歩いてきたものですから」だとさ。娘さん、これが泥棒だったんだ。（笑う）斧を振りかざしたのは、こんな連中だったんだ！　そうなんだよ……二人ともいいやつでな……わしは言ってやったよ。森の化け物ども、最初からパンがほしいって言やぁよかったんだってな。やつらの言い分はこうだ。「うんざりしちまったんだ、頼んでも頼んでも、誰ひとりパンをくれない……それでしゃくにさわっちまって！」とよ。そんなこんなで、二人はひと冬ずっとわしのとこで過ごしたんだ。一人はステパンという名前でよく鉄砲を持って、森を駆けまわっていた。もう一人のヤコフというやつは病気持ちで、しじゅう咳をしていた……こんなふうに、わしらは三人で番をしてたんだ。春が来ると、「さらばじゃ、じいさん！」と言って、二人は帰って行った……ロシアのほうへ歩いていったなあ……

ナターシャ　その人たちは脱走してきたの？　懲役囚だったの？

ルカ　そうなんだ、脱獄囚だった……流刑地から逃げてきたんだ……いいやつらだったなあ！わしがあの二人を憐れんでやらなかったら、二人はわしを殺すか……あるいはもっとひどいことをしたかもしれない……そうなると裁判になって、監獄送り、シベリア送り、と碌なことはなかったろう……監獄は人に何もいいことを教えてくれない。シベリアも教えてくれない……でも、人は人に教えることができる……人間は正しい道を教えることができるんだ……ま、当たり前の話だけどね！

間。

ブブノフ　そうさな！……だが、おれは……どうも嘘はつけねえ！　嘘なんかついてどうする？

クレーシィ　真実はありのまま全部ぶちまけちまえばいいって思うんだ！　遠慮することなんかねえや！　どこに真実があるんだ？（いきなり、火傷でもしたみたいに、またしても起き上がる）真実って何なんだ？　どこに真実があるんだ？（身につけている襤褸着を両手で引っ張る）ほら、これが真実ってやつだ！　仕事もねえし……力もねえ！　……これこそが真実だ！　居場所が……居場所がねえんだよ！……こりゃ死ぬしかねえ……これが真実だ！……くそったれ！……こんな真実が……おれにとって何になる？　それより、一息つかせてくれ……ただ一息つかせてくれよ！　おれに何の罪があるってんだ？　何の報いでこんなことになった？　もう生きてられねえ、畜生め、生きてられねえんだよ……これが真実なんだ！……

ブブノフ　そうら、カッときやがった！

ルカ　まあまあ……ちょっとお聞きよ、おまえさん！　おまえさんはな……

クレーシィ　（興奮のあまり身震いする）口を開けば、真実、真実って！　じいさんはみんなを慰めてんのかい……だがな、言っといてやる……おれはみんなを憎んでる！　そしてこの真実ってやつも憎んでるんだ……真実なんて糞くらえだ、呪われるがいい！　わかったか？　よく肝に銘じておくんだ！　真実なんて呪われるがいい！（何度も振り返りながら、角の向こうに走り去る）

ルカ　あれまあ！　ひどくかっときちまったんだなあ……それに、いったいどこへ走っていったんだ？

ナターシャ　気でも狂ったみたい……
ブブノフ　すっげえ勢いだったな！　まるで芝居みてえだ……まあ、よくあるこった……まだ世間慣れしてねえんだな……
ペーペル　（角の向こうからゆっくり登場）やあ、みなさん、お揃いで！　ルカのやり手じいさん、相も変わらずお説教かい？
ルカ　いやあ、おまえさんに見せたかったねえ……いま大騒ぎした人がいてね。
ペーペル　クレーシィのことか？　あいつ、どうしたんだ？　尻に火がついたみてえに飛び出していきやがった……
ルカ　あんなことになりゃあ、飛び出しもするさ……胸にこたえたんだな……
ペーペル　（腰をおろす）あいつは嫌いだ……ひどく意地が悪くて、高慢ちきだ。（クレーシィの口真似をする）「おれは働いてる人間だ」って。まるで、みんな、あいつより下だと言わんばかりに……好きなら働くがいいさ……だけど、それを自慢することもなかろう？　人間の値打ちが働きぶりで決まるんなら……馬にかなう人間なんてどこにもいねえよ……馬は何でも運んでくれて、しかも文句なんか言わねえ！　ナターシャ！　おめえんちのやつら、家にいるのか？
ナターシャ　お墓参りに行ったわ……そのあと夜のお祈りに行くんだって……
ペーペル　ああそれで、おめえ、ぶらぶらしてられるんだ……珍しいな！

ルカ　（物想いに沈んだ面持ちで、ブブノフに）そら……おまえさん、真実をぶちまけろって言うけど……真実ってやつがいつだって人間の病気に効くとは限らないし……いつだって真実によって人の心を治せるわけじゃない……たとえば、こんなことがあったんだ……わしの知人のなかに、真実の国があると信じている男がいた……

ブブノフ　何を信じてたんだって？

ルカ　真実の国をさ。この世界には真実の国があるはずだって男は言っていた。男に言わせると、その国には特別な……素晴らしい人たちが住んでいる……お互いに尊敬し合って、お互いにいろいろと、ごくささいなことまで助け合って暮らしている……彼らの国では、何もかもがとてもうまくいっている！　そこで、その男はこの真実の国を探しにいきたいと、いつも思っていた。男は貧しくて、ひどい暮らしをしていた……そして、あるとき、あまりにも生活が苦しくなって、横になったまま死ぬしかないというところまできた。しかし、男は気力を失うことなく、しじゅうただ笑みを浮かべて、こう言っていたものだ。「大丈夫！　辛抱するさ！　もう少し待って……それから、こんな生活はきっぱり捨てて、真実の国に行くんだ……」ってな。男にとってたったひとつの歓び——それが真実の国だったんだ……

ペーペル　それで？　その男は行ったのか？

ブブノフ　どこへだよ？　ハッハッ！

ルカ　これはシベリアであったことなんだが、まもなくそこに流刑中の学者が送られてきた……

学者だから、本とか、地図とかいろんなものを持ってきた……その男は学者に頼んだんだ。「どこに真実の国があるのか、ここからどう行ったらいいのか教えてください、お願いします」ってな。すぐに学者は本を開き、地図を広げて、探しに探した。だけど、真実の国なんて、どこにもない！　どこもかしこも正確に、すべての土地が記してあるんだけど、真実の国はどこにもないんだ！……

ペーペル　（小さな声で）そうなのか？　ねえのか？

ブブノフ、哄笑する。

ナターシャ　ちょっと待ってよ……それで、おじいさん？

ルカ　でも、男は信じないんだ……あるはずだ、もっとよく探したほうがいいってな。真実の国が載ってないようなら、あんたの本や地図は無用のゴミ同然だって言うんだ……学者は腹を立てた。私の地図は何よりも正確だ、そもそも真実の国なんてものはどこにも存在しない、と学者はやり返す。すると男も、何で存在しないんだ、と腹を立てた。おれは我慢に我慢を重ね、営々と生きながら、ずっと信じてきたんだ、真実の国は存在する、ってね。なのに地図を見ると、存在しないだなんて！　この大泥棒め！　男は学者に食ってかかった。「おまえはひどいならず者だ！　この人でなし、おめえは学者なんかじゃねえ」ってな。そして男は学者の横っ面をバシン、またバシンとひっぱたいた！……（少し黙ってから）その後、男は家に帰って、首を吊って死んでしまった！……

みんな、黙っている。ルカは微笑みながら、ペーペルとナターシャを見ている。

ペーペル　（低い声で）ちぇっ、畜生め……くそ面白くもねえ話だ……

ナターシャ　嘘だったってことに耐えられなかったのね……

ブブノフ　（陰気に）なにもかも……でたらめさ……

ペーペル　そうか……そういうことか。つまり……真実の国が存在しないってことが……わかったんだ……

ナターシャ　かわいそうね……その人……

ブブノフ　ぜーんぶ作り話さ……その話だって！　ヘン！　真実の国か！　そこに行こうってか！　ワッハッハ！（窓から出て姿を消す）

ルカ　（ブブノフが出て行った窓のほうに首を振りながら）笑ってるな！　ふーん……

間。

ルカ　じゃあ、みんな！　豊かに暮らせよ！　わしは、もうすぐここを発つ……
ペーペル　今度はどこに？
ルカ　ウクライナの方へな……あっちで新しい宗教が興《おこ》ったそうだ……ちょっと見ておかないと……そうとも！　人間はいつだって、どうやったらより良く暮らせるか、探し求めているんだ……神よ、どうか彼らに忍耐を与え給え！
ペーペル　どう思う……見つけられるかな？
ルカ　人間たちが、かね？　そりゃあ見つけられるさ！　探し求める者は見つけるよ……強く願う者もきっと見つけられる！
ナターシャ　もし何か見つけられたら……何かより良いことを探しはじめるのかしら……
ルカ　探しはじめるとも！　ただ、そういう人たちを助けてやらないとなあ、娘さん……尊敬してやらないとなあ……
ナターシャ　あたしがどうやって助けるの？　あたしこそ……助けが必要なのに……
ペーペル（きっぱり決心して）おれ、もう一度……改めておめえに言っておくぞ、ナターシャ……ほら、この人の前で……この人は何もかも知ってるんだ……おれと一緒に……来てくれよ！
ナターシャ　どこへ？　牢屋めぐりでもするの？
ペーペル　言っただろ、泥棒から足を洗うって！　誓って、足を洗うよ！　言ったからには、そうするんだ！　おれ、読み書きもできる……働くよ……この人が言ってくれたんだ……自分の意志でシベリアに行くべきだってな……シベリアへ行こう、なあ？……おれが自分の今の生活に嫌気がさしてねえとでも思ってんのか？　なあ、ナターシャ！　おれ、わかってんだ……ちゃんと見えてるんだ！……おれよりたくさん盗みをしても尊敬されて暮らしてる連中がいるんだから、と自分を慰めたりする……でも、そんなのは何の救いにもならねえ！そうじゃないんだ！　おれ、別に後悔はしていねえ……良心なんてものも信じねえ……だけどな、ひとつだけ感じてるんだ、今とは違ったふうに……生きなきゃいけねえって！　もっとまっとうな生活をしなきゃいけねえんだ！　自分で自分を尊敬できるような……そんな生き方をしなきゃいけねえんだ

ルカ　そのとおりだよ、おまえさん！　主よ、この人を守りたまえ、キリストよ、この人を守りたまえ！　そのとおりだよ。人は自分を尊敬しなきゃいけない……

ペーペル　おれ、子供のころから泥棒だ……みんな、いつもおれのこと、泥棒のワーシカ、泥棒の息子ワーシカってはやしたてた！　ああ？　そうか？　そんなら、そうしてやらあ！そうだ、おれ、泥棒だ！……わかっとくれよ、おれ、もしかしたら、そんな憎しみから泥棒になったのかもしれねえ……おれが泥棒になったのは、誰ひとり、一度として、おれのことをちゃんとした名前で呼ぼうとしてくれなかったせいかもしれねえ……でも、おめえは呼んでくれるよな……ナターシャ、え？

ナターシャ（悲しげに）あたし、何だか信じられないの……どんな言葉も……それに今日はすご

く不安なの……胸騒ぎがする……何かがあたしを待ち受けてるみたいで。ワシーリー、今日そういう話をしてくれても、どうにもならないのよ……

ペーペル　じゃ、いったい、いつしろってんだ？　こういう話ははじめてじゃねえだろ……

ナターシャ　それにだいたい、何であたしがあんたと一緒に行かなきゃならないのよ？　だって、あんたが好きかって言えば……あたし、それほど好きなわけじゃないわ……ときどき好きだって思うけど……あんたを見るのも嫌なときがあるし……どうも、あんたが好きじゃないみたいね……好きだったら、悪いところなんて見えないもんだけど……あたしには見えてしまうんだもの……

ペーペル　そのうち好きになるさ……心配すんな！　おれがそうさせてみせるさ……ただ、ついていくと言ってくれ！　一年以上もおめえのことを見ていて……おめえがしっかりした……いい娘で……信頼できる人間だってことがわかった……それで、おめえに心底惚れちまったんだ……

晴れ着を着たワシリーサ、窓辺に現われる。窓枠の側柱のそばに立って、聞き耳を立てている。

ナターシャ　そうなの。あたしに惚れたって、じゃあ姉さんは……

ペーペル　（当惑して）へん、あの女が何でえ……あんな女、どうだっていいんだ……

ルカ　おまえさん……大丈夫だよ……娘さん！　パンがなけりゃ、そのへんの草でも食っとくもんだろう……パンがなけりゃあな……

ペーペル　（陰鬱に）ナターシャ……おれをかわいそうだと思ってくれ！　生きるのが辛いんだ……狼みてえな暮らしで……歓びなんか、ほとんどねえ……泥沼に沈んでいくのに……何も摑まるものがねえみたいなんだ……何もかも腐っていて……何も支えにならねえ……おめえの姉貴にしたって、この女はって思ったけど……だめだった……あの女があんな金の亡者でなけりゃ……おれ、あの女のために……何でもしただろう！……あの女がすっかりおれのものになりさえしたら……だけど、あいつには別のものが必要だったんだ……あいつは金がほしいんだ……自由がほしいんだ……自由がほしいのは、放蕩三昧するためなんだ……あいつにはおれを救うことなんてできねえ……だけど、おめえは若いもみの木みてえに、トゲもあるけど、おれの支えにもなってくれる……

ルカ　わしからも言っておこう……この人についていきなさい、娘さん、ついていくんだ！　この若者はなかなかいいやつだ！　ただ、おまえさんは、この人がいい若者だってことをできるだけ思い出させてあげるんだよ、この人がそのことを忘れないようにな！　そうすれば、この人はおまえさんを信じるよ……ただおまえさんは、この人にこう言ってやればいいんだ。「ワーシャ、あんたはいい人よ……それを忘れないでね！」って。娘さん、考えてもごらん、おまえさんには他に行くところもなかろう？　おまえさんの姉さんは獰猛な獣だし……その亭主も、なんとも言いようのない人間だ。あれはどんな悪い言葉を使っても言い尽くせない阿漕《あこぎ》なじじいだ……それにここの暮らしと来たら……おまえさんに行く当てなんてないだろ？　だけど、この若者はしっかりしているよ……

ナターシャ　あたしに行く当てなんてないってわかってるわ……あたしも考えたわ……ただ、あたし、誰も信じられない……だけど、あたしには行く当てがない……

ペーペル　今のままじゃ一本道しかねえな……だけど、その道にはおれが行かせねえ……それぐらいなら、おめえを殺しちまうほうがましだ……

ナターシャ（にっこりしながら）ほうらね……あたし、まだあんたの女房でもないのに、もう殺すだなんて。

ペーペル（ナターシャを抱く）よせよ、ナターシャ！　もうおんなじことじゃねえか！

ナターシャ（ペーペルにひしと身を寄せ）でもね……ひとつだけ、あんたに言っとくわ、ワシーリー……神さまに誓って言っておくわ！　あんたがたった一度でも、あたしをぶったり、何かあたしを侮辱するようなことをしたら、あたし、何をするかわからない……自分で首をくくるか、それとも……

ペーペル　もし、おれがおめえに手を出したりしたら、そんな手なんかさっさと麻痺しちまえばいいんだ……

ルカ　何も疑わなくっていいんだよ、娘さん！　おまえさんにこの人が必要である以上に、この人にはおまえさんが必要なんだから……

ワシリーサ（窓から）ほうら、ご婚約の成立だ！　おしあわせにね！

ナターシャ　帰ってたの！……ああ、どうしよう……見てたのね……ああ、ワシーリー！

ペーペル　何を怯えてるんだ？　もうおめえには指一本触れさせせねえ！

ワシリーサ　こわがることたあないよ、ナターシャ！　この男はおまえをぶったりしないよ……ぶつことも、愛することもできないやつさ……あたしゃよく知ってるよ！

ルカ（小さな声で）ああ、この腹黒い女……毒蛇め……

ワシリーサ　こいつは、口先ばっかり達者なのさ……

コスティリョフ（出てきて）ナターシャ！　てめえ、ここで何してんだ？　この穀《ごく》つぶしが！　くだらんおしゃべりか？　身内の悪口でも言ってたのか？　サモワールの用意はできてねえのか？　飯《めし》の仕度もしてねえのか？

ナターシャ（出て行きながら）だって、あなたたち、教会に寄りたいって言ってたじゃない……

コスティリョフ　おれらがどうしようと、てめえの知ったことか！　てめえはやるべきことをやりゃいいんだ！　言いつけどおりにな！

ペーペル　おい、てめえ！　この子はもう、てめえの女中じゃねえんだ……ナターシャ、行くな……もう何もするな！

ナターシャ　あんた、命令しないで……まだ早いわ！（退場）
ペーペル（コスティリョフに）いいかげんにしろよ！　人をさんざん苛《いじ》めやがって……もうたくさんだ！　もう、あの子はおれのものだ！
コスティリョフ　てめえのものだと？　いつ買ったんだ？　いくら払った？

ワシリーサ、高笑いする。

ルカ　ペーペル！　おまえさん、あっちに行ってな……
ペーペル　てめえら、いいか……笑ってられるのは今だけだ……そのうち吠え面《づら》かかしてやる！
ワシリーサ　おお、こわ！　おっかないねえ！
ルカ　ペーペル、あっちへ行ってろって！　気をつけるんだ、この女、おまえさんを煽《あお》って、けしかけてるんだ……わかるだろう？
ペーペル　ああ、そうか！　うまい具合に小細工しやがって！　だがな、おめえの思い通りにはいかねえぞ！
ワシリーサ　そっちこそ、あたしが望まなかったら、あんたの思い通りにもいかないってことよ、いい、ワーシャ？
ペーペル（拳骨でワシリーサを威す）今に見てろ！……（退場）

ワシリーサ（窓から姿を消しながら）とびきりの結婚式を挙げてやるよ！
コスティリョフ（ルカに近づいて）どうした、じいさん？
ルカ　どうもしないよ、じいさん！
コスティリョフ　そうか……で、発つそうじゃねえか？
ルカ　ああ、時が来たからな……
コスティリョフ　で、どこへ？
ルカ　心のおもむくままに……
コスティリョフ　つまり、放浪の旅か……ひとところに落ち着くのは苦手なようだな……
ルカ　石動かぬところ、水流れずっていうからな……
コスティリョフ　そりゃ、石の話だ……人間はひとところに落ち着くべきだ……人間がゴキブリみてえに生きてちゃいけねえや……気の向いたところに這っていくなんてなあ……人間は自分の生きる場所を決めなきゃなんねえ……あてもなく地上をうろつきまわるのはよくねえぞ……
ルカ　だけど、どこにでも居場所がある人間だっているんじゃないのか？
コスティリョフ　てことは、そいつは浮浪者だってことさ……役にたたねえ人間ってことさ……人間は役に立たなきゃなんねえ……働かなきゃなんねえ……
ルカ　そうかい！

コスティリョフ　そうとも。当たり前だろ？……そもそも巡礼とは……何だ？　巡礼している人間は……ほかの人間たちとは違っている……もし、その人間がほんものの巡礼なら……何かを悟った人間だ……何か……俗世の人間には必要のないことを悟ったのさ……もしかしたら、真実を知ったのかもしれんが、どんな真実でも必要だとは限らないんだ……そうだろ！　そういう真実は胸のうちにおさめて、黙ってるべきなんだ！　ほんものの巡礼なら……黙ってるさ！　でなけりゃ、誰にもわからねえような話し方で話す……それに、巡礼は何の欲もなく、何ごとにおいても邪魔をせず、いたずらに人を煩わせたりしねえ……人がどう暮らしていようと、巡礼の知ったこっちゃねえ……巡礼はひたすら人生の正しい道を追求すべきなんだ……森の中や……僻地に……ひっそりと暮らすべきなんだ！　誰の邪魔もせず、誰も非難せず……みんなのために祈るんだ……あらゆる俗世の罪のために……おれの罪、おめえの罪……すべての罪のために祈るんだ！……巡礼が俗世の煩わしさから逃れるのは、祈るためなんだ。そういうことだよ……

間。

コスティリョフ　それにひきかえ、おめえは……おめえがどんな巡礼だってんだ？……身分証も持ってねえじゃねえか……まともな人間なら身分証を持ってるはずだ……ちゃんとした人間はみんな身分証を持ってる……そうだろ！

ルカ　そういう人間たちもいるし、それとはまた違った人たちもいるんだ……

コスティリョフ　おめえ……利口ぶるのはよせ！　謎に謎かけするようなことを言うな……おれ、おめえより馬鹿ってわけじゃねえぜ……人間だの、人だのって、いってえ何なんだ？

ルカ　謎めいたことなんて何も言ってないさ。わしはただ、種を撒くのに向かない土地もあれば、豊作をもたらす土地もあるって言ってるんだ……肥えた大地には何を撒いても……実りがある……そういうものさ……

コスティリョフ　それで？　それがどうしたってんだ？

ルカ　まあ、たとえばだな……神さまご自身がおまえさんに、「コスティリョフよ！　人間らしくなれ！」とおっしゃったとしよう。それでもやっぱり、何にもなりはしない……おまえさんはそのまんまで、何も変わりはしない……

コスティリョフ　ああ……おい、おめえ、いいか？　おれの女房の叔父は警官なんだぞ……もし、おれが……

ワシリーサ　（入ってくる）あんた、お茶が入ったよ。

コスティリョフ　（ルカに）おめえ……いいか、ここから出て行け！　この家からとっとと失せやがれ！

ワシリーサ　そうさ、出て行きな、じいさん！　おまえさんはおしゃべりが過ぎるよ……それにわかったもんじゃない……どっかの脱獄囚かもしれないね……

コスティリョフ　きょうのうちに、おめえの臭いもしねえようにしな！　さもないと、おれは……わかってるだろうな！

ルカ　叔父さんを呼ぶってか？　呼べばいいよ……脱獄囚を捕まえたってな……叔父さんは褒章金をもらえるかもしれん……三コペイカほどな……

ブブノフ　（窓から）おめえら、そこで何の取り引きやってんだ？　何のことだ、三コペイカってのは？

ルカ　わしを売ると言って威すんだよ……

ワシリーサ　（亭主に）さあ、行くよ……

ブブノフ　三コペイカだって？　ま、気をつけるんだな、じいさん……一コペイカでも売っちまうような連中だ……

コスティリョフ　（ブブノフに）おめえ……暖炉の下に住んでる家の精〔家の守護神〕みてえに目ん玉むきだしにしやがって！（妻と共に去っていく）

ワシリーサ　世の中には、腹黒い連中や……いろんなペテン師がいっぱいいるんだねえ！

ルカ　たんと召し上がれよ！

ワシリーサ　（振り返りながら）余計な口たたくんじゃないよ……この毒キノコめ！（亭主と共に角の向こうに去る）

ルカ　今日、夜中に発つよ……

ブブノフ　そのほうがいい……どんなときも、ここってときに発っちまうのが一番いい……

ルカ　そうだな……

ブブノフ　身に覚えがあるんだ！　おれもここってときに家を出たおかげで、懲役を免れたんだなあ。

ルカ　そうなのかい？

ブブノフ　そうなんだ。こんなことがあった。おれの女房が職人といい仲になりやがった……まあ、なかなか腕のいい職人だった……犬をうまい具合にアライグマの毛皮に仕立て上げたり……猫をカンガルーやジャコウネズミの毛皮に仕立て上げたり、いろいろやってたんだ……器用な野郎でな。そのうち、そいつと女房がいい仲になっちまった……しかも、二人の入れ込みようが半端じゃなくて、うかうかしてると、おれが毒を盛られるか何かであの世に送られちまいそうな勢いだった……おれが女房を殴ろうとすると、その職人野郎がおれに殴りかかってきた……ひどく激しい殴り合いになった！……あるときなんか、おれは顎鬚を半分むしりとられ、肋骨まで折られちまった。それで、おれも逆上した……女房の脳天を鉄の物差しでぶんなぐったこともあって……とにかく大きな戦争がおっぱじまった！　だけど、そんなことしてても埒《らち》が明かない……こっちがやつらに殺《や》られちまうって気づいたんだ！　と、そこで、おれは、女房をぶっ殺してやろう、と思い立った……本気でそう思ったんだ！　だけど、まさにそのとき、はっと正気に返って、出て行ったんだ……

ルカ　そりゃあ、よかった……二人には勝手に犬からアライグマでも作らせときゃいいのさ……

ブブノフ　ただな、工房が女房の名義だったんで……おれはこのとおり、文無しさ！　だけど、ほんと言うと、おれは工房もすっかり飲んじまったろうな……このとおり、飲んだくれだからな……

ルカ　飲んだくれか？　そうなのかあ！

ブブノフ　しかも、飲み癖が悪い！　がぶがぶ飲み始めちまうと、すっからかんになるまで飲んじまう……そのうえ、おれは怠け者だ。働くなんて、でえっきれえだ！

サーチンと俳優、言い争いながら、登場。

サーチン　ばかげてる！　おめえがどこに行くってんだ？……そりゃ何もかも悪魔の誘惑さ！　じいさん！　この焼けぼっくいに何を焚きつけたんだ？

俳優　嘘だ！　じいさん！　こいつに言っとくれよ、嘘つきってな！　おれは行くぞ！　きょう、おれは働いた、通りを掃除した……ウォッカも飲まなかった！　どんなもんだい？　ほら、ここに十五コペイカあるけど、おれはしらふだ！

サーチン　馬鹿げてるってんだよ！　こっちによこせよ、飲んでやるから……でなきゃ、賭けですってやらあ……

俳優　あっち行け！　これは旅費なんだ！

ルカ（サーチンに）おまえさん、何でこの人の心を掻き乱すんだね？

サーチン「教えておくれ、魔法使いさん、神さまのお気に入りさん、おれの人生これからどうなるんだ？」ってな。じいさん、おれ、すっからかんになっちまった、こてんぱんにやられた！　だけど、まだすべてがダメになったわけじゃねえぞ、じいさん。世の中にゃ、おれより上手のイカサマ師がいるってことさ！

ルカ　陽気なやつだな、おまえさんは、サーチン……楽しいやつだ！

ブブノフ　俳優さんよ！　こっちゃこい！

俳優、窓のほうに進み、その前にしゃがみこむ。二人は小声で話す。

サーチン　じいさん、おれも若いころは、これでなかなか面白い人間だったんだ！　思い出すのは、いいもんだなあ！　気さくな若者で、ダンスは見事だったし、舞台にも立った、人を笑わせるのも大好きで……すごかったんだぜ！

ルカ　それが何でまた身を持ち崩したのかね？

サーチン　ずいぶん好奇心が強いんだなあ、じいちゃんよ！　なんでも知りたがる……だけど、知ってどうする？

ルカ　人間のことが知りたいだけさ……おまえさんを見ていると、どうもわからないんだなあ！　おまえさんはこんなに勇敢なのに……サーチン、馬鹿でもないのに……どうして、またこんなところに……

サーチン　監獄だよ、じいさん！　おれ、四年と七か月、監獄にぶちこまれてたんだ……そして監獄から出たら、もうまともに生きる手立てがなかったんだよ！

ルカ　そうだったのかあ！　何でぶちこまれたんだ？

サーチン　ろくでもねえ野郎のおかげさ……腹が立って、かっとなっちまって、そいつを殺したんだ……博打も監獄で覚えたんだ……

ルカ　殺したのは、女のためか？

サーチン　実の妹のためさ……だけど、じいさん、もういい加減にしてくれよ！　根掘り葉掘り聞かれるのは、きれえだ……それに……ずっと昔のことなんだ……妹が死んじまって……もう九年になる……もう過ぎたことさ……ほんとにいい子だったよ、じいさん、おれの妹はな！……

ルカ　おまえさんは、飄々《ひょうひょう》と生きてる！　それにひきかえ、さっきここで吼えてた錠前屋は……見てられないね……

サーチン　クレーシィのことか？

ルカ　そうだ。「仕事もねえし、何もねえ！」って叫んでたぞ。
サーチン　そのうち慣れるさ……おれだって、これから何をしたらいいんだか。
ルカ　（小さな声で）ほら！　こっちに来る……

クレーシィ、首を深く垂れ、ゆっくりと歩いてくる。

サーチン　おい、男やもめ！　何をそんなにしょげかえってる？　何をそんなに考えてるんだ？
クレーシィ　これからどうしようって考えてるのさ……商売道具はなくなっちまった……ぜんぶ葬式代にとんじまった！
サーチン　いいか、おれからの助言だ……もう何もするな！……ただ地球のやっかいになってりゃいいんだ！
クレーシィ　わかったよ……何とでも言え……だが、おれは人さまに対して恥ずかしいんだよ……
サーチン　よせやい！　おめえが犬よりひどい生活をしてたって、世間は恥ずかしいとは思わねえよ……考えてもみろ、おめえが働かなくなる、おれも働かねえ……さらに何百、何千の人間がみーんな働かなくなる！　わかるか？　みんなが働かなくなる！　誰ひとりとして何もしたがらない——そしたら、どうなる？
クレーシィ　みんな飢え死にすらあ……

ルカ　（サーチンに）おまえさん、そういう話は無僧宗徒たち〔分離派教徒のひとつ。無僧宗徒は社会との交わりを絶ち、住居を持たず、つねに放浪し、人目を避けていた〕にすりゃあいい……そう、無僧宗徒と呼ばれてる宗派があるんだ……

サーチン　知ってるよ……あの連中は馬鹿じゃねえよ、じいさん！

コスティリョフの住まいの窓から「なんで？　ちょっと待ってよ、なんでそんな」というナターシャの叫び声が聞こえてくる。

ルカ　（心配そうに）ナターシャかな？　あの子の叫び声か？　ええ？　ああ、何てことだ……

コスティリョフの住まいで、物音、騒ぎ、皿の割れる音、そして「このー罰当たりめ……売女め……」というコスティリョフの怒鳴り声が聞こえる。

ワシリーサ　お待ち……ちょっと待って……こいつはあたしが……こうして……こうしてやる……

ナターシャ　ああ、ぶたれる……殺されるー……

サーチン　（窓に向かって叫ぶ）おい、おめえら、どうしたんだ？

ルカ　（あたふたしながら）ペーペルを呼ぶんだ……ペーペルを……ああ、何てことだ……おまえたち……みんな……

俳優（走り去りながら）おれがいま……すぐにやつを……

ブブノフ　まったく、近頃はあいつら、しょっちゅうあの子をぶつようになったなあ……

サーチン　行こう、じいさん……証人になってやろう……

ルカ（サーチンに続いて行きながら）わしが証人になれるもんか！　とんでもない……それより、早くペーペルを……あぁ！

ナターシャ　姉さん……お姉さん……ワァァァーッ……

ブブノフ　口を塞ぎやがったな……様子を見てこよう……

コスティリョフの住まいの騒ぎは次第に遠ざかりつつ静まる。部屋から玄関に移動したのだろう。「待て」という老人の叫び声が聞こえる。戸が大きな音を立てて閉まる。この音がまるで斧のように、すべての物音を断ち切る。舞台は静かになる。夕暮れの薄暮。

クレーシィ（無関心そうに荷橇に腰かけ、両手を激しくこすっている。そのあと何か呟きはじめる。最初は不明瞭だが、だんだんと声に出して）そりゃそうだろ？　生きなけりゃな……（大声で）居場所を探さねえと……で、どうだ？　いや、居場所はねえんだ……何もねえんだ！　たったひとり……ひとりぼっちで、この身ひとつ……救いはねえんだ……（身体を曲げて、ゆっ

くり退場）

数秒間、不吉な静寂。そのあと、通路のどこかで不穏なざわめき、混沌とした物音が響く。それは次第に大きくなって、近づいてくる。やがて個々の声が聞こえる。

ワシリーサ　あたしゃ、この子の姉なんだ！　放しとくれ……

コスティリョフ　てめえに何の権利があるんだ？

ワシリーサ　この前科者が……

サーチン　ペーペルを呼べ！……早く……ゾブ、こいつをなぐっちまえ！

巡査の呼子。

ダッタン人（駆け込んでくる。右手を包帯で吊っている）どこ、そんな掟ある——昼ひなか、人殺し？

クリヴォイ・ゾブ（あとに続いてメドヴェージェフ）へん、だから、おれもやつに一発くらわしてやったんだ！

メドヴェージェフ　貴様、よくもやってくれたな。
ダッタン人　おめえ、何だ？　おめえ、何の義務ある？
メドヴェージェフ（荷担ぎ人夫の後を追う）待て！　呼子を返せ……
コスティリョフ（走り出てくる）アブラーム！　捕まえろ……そいつを引っ立てろ……人殺しだ……

角の向こうからクヴァシニャとナスチャ、登場。二人は取り乱した様のナターシャの腕を抱えて連れて来る。サーチンは、妹を殴ろうとして腕を振りまわしているワシリーサを押し留めようとして、後ずさりしながら出てくる。アリョーシカは気でも狂ったようにワシリーサのそばで跳ねまわり、その耳元で口笛を吹き、わめき、吼えている。そのあと、さらに襤褸《ぼろ》を纏《まと》った男女が数人登場。

サーチン（ワシリーサに）なんてことするんだ？　畜生、この蛇女……
ワシリーサ　どきな、この前科者が！　あたしゃ命がけだ、死んだってあいつをずたずたにしてやる……
クヴァシニャ（ナターシャを連れ去りながら）ちょっと、あんた、ワシリーサ、いい加減におし……恥を知りな！　なんでそう暴れるのさ？

メドヴェージェフ（サーチンを捕まえる）さあ……捕まえたぞ！

サーチン　ゾブ！　こいつらの皮、ひんむいてやれ！……ペーペル！

みんな、赤レンガの壁のそばの通路に集まってぶつかり合う。ナターシャは右の方に連れて行かれ、積まれた木材の上に座らされる。

ペーペル（通路から駆け込んできて、黙ったまま激しい勢いで皆を押しのける）ナターシャはどこだ？　おのれぇー……

コスティリョフ（角の向こうに隠れながら）アブラーム！　ペーペルを捕まえろ……みんな、ペーペルを捕まえてくれ！……この泥棒を……この強盗を……

ペーペル　やい、おのれ……淫乱じじい！（激しく手を振り上げ、コスティリョフを殴る）

コスティリョフは倒れ、その上半身だけが角から見えている。ペーペルはナターシャのところに駆け寄る。

ワシリーサ　ワーシカをぶっとくれ！　みんな……この泥棒をぶっとくれ！

メドヴェージェフ（サーチンに叫ぶ）貴様はひっこんでろ……内輪もめだ……みんな身内なんだ

……貴様は関係ねえだろ？

ペーペル　なんてことだ……何《なに》でやられたんだ？　ナイフでか？

クヴァシニャ　ごらんよ、何てひどい猛獣だろう！　あの女、この子の足に熱湯をぶっかけたんだ……

ナスチャ　サモワールをひっくり返したんだ……

ダッタン人　もしかして、それ、うっかりやった……ちゃんと調べるの、必要……でまかせ言う、よくない……

ナターシャ　（ほとんど気を失いかけて）ワシーリー……あたしを連れてって……あたしをお墓に埋めて……

ワシリーサ　ああ、なんてこと！　ほら！……見てよ！　死んでるわ！　殺されたんだ……

皆、通路にいるコスティリョフのそばに群がる。人の群れの中からブブノフが出てきて、ペーペルに近づく。

ブブノフ　（小声で）ペーペル！　じじいのやつ……のびちまった……死んでるぜ！

ペーペル　（理解できないというふうにブブノフを見る）行って……呼んできてくれ……病院に運ばないと……あいつらは、おれが始末をつけるから……

ブブノフ　いいか、誰かがじじいを殺っちまったって言ってるんだ……

水をかけられた焚き火の炎のように、舞台の騒ぎは静まる。とぎれとぎれに叫び声が微《かす》かに響いてくる。「なんてことだ！」「それで？」「もう行こう、兄弟！」「えぇい、畜生！」「こりゃ大変だ！」「警察が来ねえうちに行こう！」群衆は次第にまばらになっていく。ブブノフとダッタン人も退場。ナスチャとクヴァシニャ、コスティリョフの亡き骸に突進する。

ワシリーサ　（地面から立ち上がりながら、勝ち誇った声で叫ぶ）殺された！　あたしの亭主が……ほら、殺したのはこいつさ！　ペーペルが殺したんだ！　みなさん、あたしゃ、見てたんだ！　どう、ペーペル？　警察だよ！

ペーペル　（ナターシャから離れる）通してくれ……どけっ！（コスティリョフを見る。ワシリーサに）どうだい？　嬉しいか？（足で亡き骸に触れる）くたばりやがった……この老いぼれ犬が！　おめえの望み通りになったな……さあ、ついでにおめえも地獄に送ってやろうか？（ワシリーサに襲いかかる）

サーチンとクリヴォイ・ゾブが素早くペーペルを取り押さえる。ワシリーサは路地に隠れる。

サーチン　気は確かか！

クリヴォイ・ゾブ　おい！　馬鹿な真似はよせ！

ワシリーサ　（姿を現わしながら）どうだい、ワーシカ？　大好きなワーシカ。あんたの運も尽きたね……警察だよ！　アブラーム……呼子を鳴らしな！

メドヴェージェフ　呼子を取っちまいやがった、畜生め。

アリョーシカ　ほら、ここにあるぜ！（呼子を鳴らす）

メドヴェージェフ、アリョーシカを追いかける。

サーチン　（ペーペルをナターシャのところに連れて行く）ペーペル、心配するな！　喧嘩で人を殺《あや》めたって……どうってことはねえ！　たいした罪にゃならねえさ。

ワシリーサ　ワーシカを捕まえて！　こいつが殺したんだ……あたしゃ、見てたんだからね！

サーチン　おれだって、じじいを三回ほど殴った……あんなやつ、いちころだ！　おれを証人に呼べばいい、ペーペル……

ペーペル　おれ……釈明なんかしねえでもいい……ただな、ワシリーサも道連れにしてやらあ……絶対に道連れにしてやる……こいつがこうなることを望んでたんだ……こいつがおれをそそのかして、亭主を殺させたんだ……そそのかしやがったんだ！

ナターシャ　（突然、大声で）あああー……わかったわ！……そうだったの、ワシーリー?!　みなさん！　この人たちはぐるだったんです！　姉とこの人はぐるだったんです！　何もかもこの人たちが仕組んだことです！　そうなのね、ワシーリー？　さっき、あんたがあたしに話したのも……姉に聞かせるためだったのね？　みなさん！　姉はこの人の愛人なんです……みなさん、知ってるでしょう……そんなこと、誰だって知ってるわ……この人たちはぐるだった！　姉が……姉がこの人をそそのかして亭主を殺させたんです……亭主が邪魔だったから……そして、あたしも邪魔だった……だから、あたしを片輪にしたの……

ペーペル　ナターシャ！　なに言ってんだ……何てこと言うんだ?!

サーチン　ああ、なんてこった……畜生め！

ワシリーサ　嘘よ！　妹は嘘ついてるのよ……あたしじゃない……こいつが、ワーシカが殺したんだ！

ナターシャ　この人たちはぐるなのよ！　呪われたらいい！　ふたりとも……

サーチン　こりゃ、とんだ芝居だ！……しっかりしろ、ペーペル！　二人して、おめえを溺れさせようとしている！

クリヴォイ・ゾブ　もうわけがわからねえや！　ああ、大変なことになったぞ！

ペーペル　ナターシャ！　まさか、おめえ本気でそう思ってんのか？　おれがこんな女と……ぐるだって、本気で信じ込んでんのかい？

サーチン　そうだよ、ナターシャ、おまえ……よーく考えてみろよ！

ワシリーサ　（路地で）あたしの亭主が殺されました……署長さま……ワーシカ・ペーペル、この泥棒が殺しました……署長さま！　あたしは見ておりました……この目で何もかも見ておりました……

ナターシャ　（ほとんど気を失いかけて、よろめいている）みなさん……姉のワシリーサとワーシカが殺したんです！　おまわりさん、聞いてください……ほら、そこにいる私の姉がやらせたんです……そそのかしたんです……自分の愛人を……ほら、この人、呪わしい人！　この人たちが殺したんです！　この人たちを捕まえて……裁いてください……そして、あたしも捕まえて……あたしも牢屋に入れてください！　どうかお願いです……あたしも牢屋に入れてください！

第四幕

第一幕の舞台。しかし、ペーペルの部屋はなく、仕切り板は取り除かれている。クレーシィが座っていた場所にも鉄敷《かなしき》がない。ペーペルの部屋があった一角にはダッタン人が寝ころがり、寝返りをうち、ときおり唸っている。クレーシィはテーブルに向かい、ときどき鍵盤を確かめながら、アコーディオンを修理している。テーブルのもう一方の端にはサーチン、男爵、ナスチャがいる。彼らの前にはウォッカのビン、ビールのビンが三本、そして黒パンの大きな切れ端がある。暖炉の上では俳優が寝返りを打ち、咳をしている。夜中。舞台はテーブルの中央に置かれている灯りで照らされている。戸外では風が吹いている。

クレーシィ　そうだなあ……やつはあの大騒動にまぎれて、消えちまったなあ……

男爵　警察を見て姿をくらましたんだ……煙が炎から逃げていくみたいにな……

サーチン　罪深いやつらも、あんなふうに正しい人間の目の前から逃げていくものなんだろうな……

ナスチャ　あのおじいさんはいい人だったわ！　……それにひきかえ、あんたたちは人間じゃない……カビみたいなもんよ！

男爵（飲む）あなたの健康を祝して、レディー！

サーチン　おもしれえじいさんだったよなあ！　ナスチャなんか、じいさんにすっかり惚れてたもんなあ……

ナスチャ　そうよ、惚れたわ……大好きになったわ！　ほんとにね！　あの人は何もかもお見通しだったし……何だって知ってたわ……

サーチン（笑いながら）まあ多くの人間にとって……あのじいさんは……歯のない人のための柔らかいパンみたいなもんだった……

男爵（笑いながら）おできのための軟膏さ……

クレーシィ　じいさんには……思いやりがあった……おめえたちにゃ……思いやりってもんがねえや……

サーチン　おれがおめえに思いやりを見せてやったところで、おめえ、何か得するのかよ？

クレーシィ　おめえなんか……思いやるっていうより……せいぜい人を傷つけねえようにすることったな……

ダッタン人（板寝床に腰かけて赤ん坊をゆするように痛めた手を揺り動かしている）じいさん、いい人あった……心、掟もってた！　心、掟ある人、これ、いい人！　掟なくした人、これ、滅びるよ！……

男爵　それは、どんな掟でござるかな、公爵どん？
ダッタン人　こういう掟……いろいろある……どんなっていうと……
男爵　それで！
ダッタン人　人、傷つけちゃダメ……これ、掟！
サーチン　そりゃ刑事懲戒条例ってやつだ……
男爵　調停裁判懲罰法ってのもある……
ダッタン人　コーランっていうよ……なんじらのコーラン、掟じゃないとダメ……心、コーランじゃないとダメ……ソウダ！
クレーシィ（アコーディオンを試しながら）しゅうしゅう言いやがる、畜生！……公爵どんの言うこたあ、正しいぜ……掟に従って……福音書に従って……生きなきゃなるめえ……
サーチン　生きりゃいいさ……
男爵　まあ、やってみな……
ダッタン人　マホメット、コーランくれて、言ったよ。「これが掟だ！　ここに書かれているように振舞いたまえ！」ってね。そのあと、時間たった。コーランだけ、足りない……新しい時代、新しい掟、必要……それぞれ時代、それぞれ自分の掟、必要……
サーチン　そうだな……新しい時代が来て、「懲罰法」ができた……こいつぁしっかりした掟だ……そうすぐには古くならねえぞ……

ナスチャ　（コップでテーブルをたたく）それにしても、なんだって……なんだってあたしゃ、こんなとこに住んでんだろ？……おまえさんたちと一緒に。出てくよ……どっかに……世界の果てにでも行っちまうよ……

男爵　靴もはかずにか、レディー？

ナスチャ　裸でもいいさ！　四つんばいになって這ってでもいいさ！

男爵　そりゃあ、いい眺めだろうね……もし四つんばいになったら……

ナスチャ　そうさ、這ってでもね！……ただ、おまえさんの馬面だけはもう見たくもない……あ、もう何もかも嫌になっちまった！　人生も……人間どもも……

サーチン　行きゃあいいよ……ついでに俳優も連れて行ってやれ……あいつもそっちの方へ行きたがってるからな……世界の果てから半キロ先に、オルガノンのための病院があるってわかったんだってよ……

俳優　（暖炉から顔を突き出しながら）オルガニズムだよ、バカ！

サーチン　アルコールに蝕まれたオルガノンのためさ……

俳優　そうさ！　彼は旅立つ！　彼は旅立つんだ……見てろよ！

男爵　彼って誰のことかな、だんな？

俳優　おれさまのことさ！

男爵　メルシィ、女神のしもべ……何ていったけ？　その芝居に出てくる女神、悲劇の女神……

何て名前だっけ？

俳優　ミューズだよ、バーカ！　女神じゃなくてミューズだ！

サーチン　ラヘシス……ヘラ……アフロディテ……アトロポス……そんなのいちいち区別してられっか！　これはな、ぜーんぶ、あのじじいが……俳優に吹き込みやがったのさ……わかるか、男爵？

男爵　じいさんは……馬鹿だ……

俳優　この無教養な野郎ども！　野蛮人！　悲劇の女神メリポメネ！　心のないやつらめ！　見てろよ、彼は旅立つなり！「大いに食らうがよい、心に闇持つ人々よ」……ベランジェの詩の一節だ……そうとも！　彼は己《おのれ》の場所を見出すだろう……そこには、ないのだ……ないのだ……

男爵　何もないのか、だんな？

俳優　そうさ！　何もないのさ！「この穴は……わが墓となる……われは死にゆく、力尽きて、弱り果てて！」。何のために、おまえたちは生きてるんだ？　何のために？

男爵　おまえ！　キーン、あるいは天才と放埒〔大デュマの戯曲の題名〕！　わめくなよ！

俳優　くだらんこと言うな！　わめいてやらあ！

ナスチャ（テーブルから頭を上げながら、両手を振りまわす）わめけばいいよ！　聞かせておやり！

男爵　どういう意味だ、レディー？

サーチン　こいつら、放っといてやれよ、男爵！　勝手にしろってんだ！……わめかせときゃいい……頭でもたたき割りゃいいんだ……やらせとけ！　これにも意味はあるんだ！　人の邪魔をしちゃいけねえ、じいさんが言ってたようにな……そうさ、これもあの老いぼれの酵母菌が、ここにいるおれたち全員を醗酵させやがったってことなんだ……

クレーシィ　あいつはおれたちを焚き付けておきながら……結局、道を教えようとはしなかったんだ……

男爵　あのじいさんは、詐欺師だ……

ナスチャ　嘘よ！　あんたこそ、詐欺師よ！

男爵　シィーッ、レディー！

クレーシィ　あいつは……あのじいさんは、真実ってもんが嫌いだった……ひどく真実ってやつに対抗していた……そりゃ当然さ！　そうだよ、ひどい真実じゃないか？　そんなもんあったところで……息がつけねえんだ……公爵どんにしたって、仕事をしていて手を潰されちまった……手をばっさり切断せにゃならんそうだ。いいか……これが真実ってもんなんだ！

サーチン　（拳骨でテーブルをたたきながら）黙れ！　おめえら……どいつもこいつも畜生だ！　ばか者ども……じいさんのことをごちゃごちゃ言うな！（やや穏やかに）おい、男爵、おめえが一番いけねえぞ！　おめえは何にもわかってねえくせに……でたらめ言いやがって！　じいさんは詐欺師なんかじゃねえ！　真実っていったい何だ？　人間――これこそが真実よ！

やつにはそれがわかってたんだ……おめえたちはわかってねえけどな！　おめえたちはレンガみてえに鈍いんだ……おれは、じいさんのことがよくわかる……そうだとも！　じいさんは嘘をついた……だがそれはな、おめえらを思いやってのことなんだぞ、このくそったれが！　親しい人に対する思いやりから嘘をつく人間もたくさんいるって、おれは知ってるんだ！　本で読んだんだ！　そういう人たちはじつに美しく、魂を込めて、精神を高揚させながら嘘をつくんだ！　人の心を慰める嘘もあるし、仲直りさせてくれる嘘もある……労働者の手を押し潰す重労働を正当化する嘘もあれば……飢え死にする人たちを悪者にしちまう嘘もある……おれは嘘ってものを知っている！　心が弱いやつ……他人の甘い汁を吸って生きてるやつにゃ、嘘は必需品だ……嘘に頼って生きるやつもいれば、嘘を隠れ蓑にするやつもいるからな……だけど、完全に自立した人間……独立した、他人を食い物にしない人間には嘘なんて、まったくいらねえ！……嘘は奴隷と主人の宗教だが……真実こそが、自由な人間の神さまなんだ！

男爵　ブラーヴォ！　素晴らしい演説だ！　おれは賛成だ！　おまえは……まともな人間みたいに話すんだなあ！

サーチン　まともな人間がいかさま師顔負けの口をきくこともある。だったら、ときにはいかさま師がいいことを言ったっていいじゃないか！　そうさ、おれはたくさんのことを忘れちまったけど、まだあれこれ知ってるんだ！　じいさんはどうかって？　やつは利口者さ！……

やつは、酸が古い汚れた銭に作用するみてえに、おれに影響を与えやがったんだ……やつの健康を祝して飲もう！　注いでくれ……

ナスチャはコップにビールを注いで、サーチンに渡す。

サーチン　（軽く笑いながら）じいさんは自分に正直に生きてるんだ……じいさんはすべてを自分の目で見ているんだ。おれはじいさんに訊いてみたことがある。「じいさん、人間は何のために生きてるんだ？……」ってな。（ルカの声で話し、ルカの身振りを真似ようとして）「そりゃあ、おまえさん、人間はより良きもののために生きてるのさ！　ほら、たとえば、指物師たちが生きている、ただ生きて作業しているってだけのことで、みんながらくたのような連中だ……ところが、彼らの中から或るひとりの指物師が生まれる……そいつはこの地球誕生以来、ついぞ見たことがないような腕のいい指物師で、誰よりも優れていて、指物師の世界で彼の右に出る者はいない。彼はあらゆる指物の仕事を独自に改良する……すると指物の仕事は一気に二十年もの進歩を遂げる。他の分野でも同じことが起きる……錠前屋だって……靴屋だって、他の労働者だって……地主たちでさえ、より良きもののために生きてるんだ！　人間誰しも自分のために生きてるように思っているけど、ところがどっこい、より良きもののために生きてるんだよ！　もう百年も……もしかしたら、もっと長い期間にわたって、人間は、より良きもののために生きてるんだ！」

ナスチャはじーっとサーチンの顔を見つめている。クレーシィはアコーディオンを修理する手を休めて、やはり聞き入っている。男爵は深くうなだれて、静かに指でテーブルを鳴らしている。俳優は暖炉から身を乗り出して、慎重に板寝床へ下りようとしている。

サーチン　「おまえさんたち、生きとし生けるものはみんな、より良きもののために生きているんだ！　だから、どんな人間も尊敬してやらないといけない……その人がどういう人間なのか、何のために生まれてきて、何ができるのか、おれたちにはわからないんだからな……もしかしたら、おれたちを幸せにするために……おれたちに大いに役に立つために生まれてきたのかもしれないんだ……とくに子供たちは大切にしなきゃあな……小さな子供たちはな！　子供たちには果てしなく拡がる大地みてえな自由が必要なんだ！　子供たちが生きるのを邪魔しちゃいけない……子供たちは尊敬してやらなきゃ！」（小さな声で笑う）

間。

男爵　（物想いにふけって）うーん、そうか……より良きもののためにか？　それは……おれたち一家のことを思い出させるなあ……おれの家は古い家柄で……エカテリーナ時代からの……貴族だ……勇敢な軍人だった！……フランスから渡ってきて……ロシアの宮廷に仕えて、どんどん出世したんだ……ニコライ一世の時代、おれの祖父グスタフ・デビリは高い地位に就いていた……大金持ちで……数百人の農奴を抱え……馬が何頭もいて……コックたちもいた……

ナスチャ　嘘つき！　そんなのあるわけない！

男爵（跳び上がって）なんだとお？　それで……どうだってんだ？

ナスチャ　そんなのなかったんだろ！

男爵（叫ぶ）モスクワに屋敷があった！　ペテルブルグにも館があった！　それに馬車だって……紋章つきの馬車があったんだぞ！

クレーシィ、アコーディオンを手に取ると、わきのほうに立ち去り、そこからこの喧嘩の様子をながめている。

ナスチャ　それもなかったって！

男爵　黙れ！　数十人も召使がいたんだぞ！

ナスチャ（愉快そうに）いなかったって！

男爵　殺してやる！

ナスチャ（逃げる準備をしながら）馬車なんてなかったって！

サーチン　やめとけ、ナスチャ！　こいつを怒らせるなよ

男爵　おい……待てよ、わからずや！　おれの祖父はな……

ナスチャ　おじいさんなんて、いなかったんだろ！　何もなかったのさ！

サーチン、大笑いする。

男爵（憤慨するのに疲れ、ベンチに腰を下ろす）サーチン、この女に……この尻軽女に言ってやってくれ……おまえも笑ってるな？　おまえも……信じないんだな？（絶望の叫び声をあげ、拳骨でテーブルをたたく）本当にあったことなんだよ、畜生め！

ナスチャ（勝ち誇ったように）ほうら、唸り出したね？　信じてもらえないとき、人間がどうなるか、わかった？

クレシィ（テーブルのほうに戻りながら）殴り合いになるかと思ったよ……

ダッタン人　あー、悪い人たち！　とっても悪い！

男爵　おれは……馬鹿にされるのが我慢ならないんだ！　証拠だってあるんだ……書類があるんだぞ、畜生め！

サーチン　そんな書類、捨てちまいな！　おじいさんの馬車のことも忘れるんだ……昔の馬車に乗ったところで、どこにも行けねえぞ……

男爵　それにしても、この女、よくもこう、つっかかれるもんだ！

ナスチャ　なんだってえ！　どうつっかかったのさ！

サーチン　このとおり、こいつにだってつっかかる権利はあるさ！　こいつのどこがおまえより劣ってるんだ？　といっても、こいつにはたぶん、昔だって馬車やおじいさんどころか、父親や母親さえ、いなかったんだろうがね……

男爵（落ち着きを取り戻しながら）畜生……おまえは……ずいぶん落ち着いて物ごとを考えられるんだなあ……それにひきかえ、おれはどうも……こらえ性がなくていかん……

サーチン　なら作れ……便利なもんだぞ……

間。

サーチン　ナスチャ！　おめえ、病院には行ってるのか？

ナスチャ　何しに？

サーチン　ナターシャの見舞いさ。

ナスチャ　今ごろ思い出したのかい！　ナターシャはとっくの昔に出てったよ……出てって、いなくなっちまった！　もうどこにもいないよ……
サーチン　ということは、行方不明になっちまったんだな……
クレーシィ　だけど、おもしれえや……どっちがどっちを豚箱にぶちこむのかな？　ワシーリーがワシリーサをぶちこむのか、はたまたワシリーサがワシーリーをぶちこむのか？……
ナスチャ　そりゃあ、ワシリーサがうまくやるさ！　あの女、狡賢《ずるがしこ》いからね。そして、ペーペルがシベリアに送られるのさ……
サーチン　喧嘩の上での殺人は、監獄にぶちこまれるだけだ……
ナスチャ　残念ね。シベリアに送られりゃいいのに……あんたたち全員、シベリアに送られりゃいいんだ……あんたたちなんか、ゴミとして、どっかの穴ん中にでも捨てちまえばいいんだ！
サーチン（驚いて）なんてこと言うんだ？　気でも狂っちまったのかい？
男爵　こいつの横っ面、張りとばしてやる……生意気にもほどがある！
ナスチャ　ふん、やってみな！　張りとばしゃいいさ！
男爵　やってやるとも！
サーチン　よせよ！　やめとけ……人を侮辱しちゃいかんよ！　頭から離れねえや……あのじいさんのことが！（大きな声で笑う）人を侮辱しちゃいかん！……だけど、もしおれがいつか生涯忘れられないような侮辱を受けたりしたら、どうするかな？　ゆるすかな？　いやいや、相手が誰であろうと……

男爵　（ナスチャに）いいか、これだけはちゃんと覚えとけ、おれはおまえなんかとは違うんだ！　おまえは……人間のクズだ！

ナスチャ　ああ、あんたはとことん惨めな男だねえ！　だいたいあんたなんか、あたしのおかげで生きてんじゃないか……りんごにくっついた虫みたいに……

男たち一斉にどっと笑う。

クレーシィ　ああ……ばっかな女だ！　おめえのどこがりんごなんだ！

男爵　怒る気にも……なれねえや……こりゃ、とびっきりの阿呆だ！

ナスチャ　なに笑ってんだよ？　この嘘つきども！　あんたたち、何にもおかしかないさ！

俳優　（陰鬱に）こんなやつら、やっつけちまえ！

ナスチャ　あたしに……そうできるならねえ！　あたしゃ、あんたたちなんか（テーブルから茶碗を取って、床に投げつける）こうしてやる！

ダッタン人　なんで皿割る？　ええい……でくのぼう！

男爵　（立ち上がりながら）ようし、今おれがこいつに……礼儀作法を教えてやる！

ナスチャ　（逃げながら）こんちくしょう！

サーチン　（ナスチャの後を追って）こら！　いい加減にしろよ！　おめえ、誰に腹立ててんだ？　いってえ何のつもりだ？
ナスチャ　狼ども！（逃げていく）みんな死んじまえ！　バカヤロウ！
俳優　（暗澹と）アーメン！
ダッタン人　うう！　悪い女――ロシアの女！　あつかましい……わがまま！　ダッタン女、そうじゃない！　ダッタン女、掟、知ってる！
クレーシィ　あの女、一度、折檻してやらなきゃあな……
男爵　ゲ、ゲス女め！
クレーシィ　（アコーディオンを試しながら）できたぞ！　だけど、これの持ち主がいっこうに現われないんだ……あの若造、酔いつぶれてやがるな……
サーチン　さあ、一杯飲め！
クレーシィ　ありがとよ！　だけど、もう寝る時間だ……
サーチン　おめえも、だんだんおれたちに慣れてきただろ？
クレーシィ　（飲んで、角の板寝床の方に立ち去る）そうだな……どこにだって……人間はいる……最初は気づかねえだけで……後でふと気づくと……人間はみんな……悪かねえ！

ダッタン人は板寝床に何やら敷き、ひざまずいて祈る。

男爵　（サーチンにダッタン人を指し示しながら）見ろよ！
サーチン　そっとしといてやれよ！　あいつはいい若者だ……邪魔するなよ！　今日のおれは心が優しい……どういうわけかな！
男爵　おめえは飲むといつも人が善くなる……それに利口になる。
サーチン　酔っ払うと……何もかもが良く思えるんだ……そうだな……やつは祈ってるかな？　素晴らしいことだ！　人間は信じることもできれば、信じないでいることもできる……それはその人間の勝手だ！　人間は自由なんだ……人間はどんなことでも自分の裁量で選ぶんだ。神を信じるか、信じないかも、恋愛や思想に関しても、人間はすべてを自分で選び取り、自分でその代償を支払うんだ。だから、人間は自由だ！……人間、これこそが真実だ！　人間っていったい何なんだろう？……それはおめえでもないし、おれでもないし、やつらでもない……そうじゃないんだ！　それは、おめえも、おれも、やつらも、あのじいさんも、ナポレオンも、マホメットも……みーんな一緒にしたものだ！（空中に指で人間の姿を描く）わかるか？　それは、途方もなく大きなものなんだ！　そのなかにすべての始まりと終わりがある……すべてが人間のなかにあるし、すべてが人間のためにある！　存在するのは人間だけなんだ、それ以外のものはすべて、人間の腕と脳みそ次第なんだ！　にんげん！　それは——じつに素晴らしい！　何と誇り高い響きがするんだろう！　に・ん・げ・ん！　人間は尊敬しなきゃいけない！……憐れむのでもなく……同情して蔑むのでもなく……尊敬しなきゃいけないんだ！　人間に乾杯しよう、男爵！（立ち上がる）なんて素晴らしいんだろう、自分は人間だって感じることは！……おれは前科者で、人殺しで、いかさま師だ……そうなんだ！　おれが外を歩いていると、人はおれのことをペテン師でも見るような目で見る。おれを避けたり、振り返ったりする。しょっちゅう「下司野郎！　いかさま師！　ちゃんと働け！」って声をかけられる。働けだって？　何のために？　腹いっぱい食うためにか？（大声で笑う）腹いっぱい食うことばかり気にしている人間を、おれはいつも軽蔑してきた……大事なのはそういうことじゃない、男爵！　そういうことが大事なんじゃない！人間はもっと高尚な存在だ！　人間は腹いっぱい食うことを超越した存在なんだ！……

男爵　（首を振りながら）おまえは……物ごとをよく考えてるなあ……いいことだよ……何だか心に沁《し》みるよ……だけど、おれには、真似できない……おれには、できないことなんだ！（あたりを見廻して、小声で、用心深く）おれはなあ、怖くなるんだ……ときどき。わかるか？臆病になっちまう……なぜって、それでこの先どうなるって考えちまうんだ……

サーチン　（移動する）くだらねえな！　人間、何も恐れるこたあねえよ！

男爵　じつはなあ……物心ついたころから……おれの頭には何か霞みがかかってるみたいなんだ。おれは一度として、何ひとつ理解したことがないんだ。おれは……なんだか居心地が悪くて……生涯ずっと着ている物ばかり取り替えていたような気がする……だが、何のために？

わからない！　学校で勉強した。貴族学校の制服を着ていたが……何を学んだんだか、覚えてない……結婚もした。燕尾服も着た、そのあとはガウンを着た……結婚した妻は最低最悪だった……何でかなあ？　わからない……全財産、使い果たしちまって……くすんだ背広と赤茶けたズボンを身につける境遇に落ちた……どうやって破産しちまったのか？　気がつかなかったなあ……それから役所務めをして……制服に徽章つきの帽子を被り……公金を使い込んじまった……囚人服を着せられ……そのあとは、ほら、この格好さ……何もかもが……まるで夢みたいだ……ええ？　こりゃ……おかしな話だよな？

サーチン　それほどおかしかねえや……というより、馬鹿げてるなあ……

男爵　そうさなあ……おれも馬鹿げてるって思うさ……だけど、おれだって何かのために生まれてきたんだよな……違うか？

サーチン　（笑いながら）たぶんな……人間はより良きもののために生まれてくるんだ！（うなずく）そりゃ……いいことなんだよ！

男爵　あの……ナスチャ！……逃げちまいやがった……いったいどこ行ったんだ？　探してくるよ……あいつ、どこにいるんだ？　なんやかんや言っても、やっぱりあいつは（退場）……

間。

俳優　おい、ダッタン人！

間。

俳優　公爵どん！

ダッタン人、振り向く。

俳優　おれのために……祈ってくれ……
ダッタン人　なに？
俳優　（静かに）祈ってくれよ……おれのために！……
ダッタン人　（少し黙って）祈れ、自分で……
俳優　（素早く暖炉からすべり降り、テーブルに近づくと、震える手でウォッカを注いで飲む。そして、ほとんど走るようにして玄関に出て行く）彼は旅立った！
サーチン　おい、おめえ、野蛮人のシカムブル！　どこ行くんだ？（口笛を吹く）

女物の綿入りジャケットを着たメドヴェージェフとブブノフ登場。二人とも飲んでいるが、それほど酔っ払ってはいない。ブブノフは片手にビスケットの袋、もう片方の手に燻製の魚を何本か持ち、ウォッカのビンを脇に抱えて、上着のポケットにもう一本ウォッカを忍ばせている。

メドヴェージェフ　こいつはラクダだ……ロバに似ている！　ただ耳がないんだ……

ブブノフ　よせやい！　おめえこそ、ロバみたいじゃねえか。

メドヴェージェフ　ラクダには耳ってものがまったくない……ラクダは鼻の穴で聞くんだ……

ブブノフ（サーチンに）わが友よ！　おめえのことを居酒屋という居酒屋、飲み屋という飲み屋、ぜーんぶまわって探したんだぜ！　まあ、一本取れや、おれの手はぜーんぶ塞がってるんだ！

サーチン　それならビスケットをテーブルに置けよ……手が一本、空くじゃないか……

ブブノフ　そのとおりだ。おい、大将……見ろよ！　この男を、なあ？　賢いやつだ！

メドヴェージェフ　ペテン師ってのは、みんな賢いものさ……そんなこと知ってるよ！　やつらは賢くなきゃ、やっていけない。いい人間は馬鹿でもいいけど、悪いやつは絶対に知恵がないと駄目だ。それはそうと、ラクダのことだが、おまえの方が間違っている……ラクダは人が乗る動物で、角もなければ、歯もないんだよ……

ブブノフ　ところで、みんなは、どこにいったんだ？　なんで、ここには人がいないんだ？　おい、出てこいよ……おれがおごってやるぞ！　隅っこにいるのは誰だ？

サーチン　そのうち、おめえ、飲み倒して、すっからかんになっちまうんじゃねえか？　唐変木！

ブブノフ　そうさな、そのうちな！　このたび貯めた資金はちょっぴりだからな……ゾブ！　ゾブはどこにいるんだ？

クレーシィ（テーブルに近づきながら）やつはいねえよ……

ブブノフ　ウー、ワンワンワン！　犬畜生め！　ブリュー、ブルリュー、ブルリュー（七面鳥の鳴き真似）！　七面鳥野郎め！　吼えるな、唸るな！　飲んで、騒いで、くよくよするな……みんな、おれのおごりだぞ！　兄弟、おれはおごるのが大好きなんだ！　おれが金持ちだったら……無料の居酒屋を作ってやるんだがなあ！　ほんとだとも！　しかも、音楽つきでコーラスが聴ける……さあ、いらっしゃい、いらっしゃい、飲んで、食って、歌を聴いて……うっぷんを晴らそうぜ！　貧乏人は全員集合……わが無料の居酒屋へ！　サーチン！　おれ……おめえに……おれの全資本の半分をやるよ！　どうだい！

サーチン　今すぐ、おれに全部くれよ！

ブブノフ　全資本をか？　今すぐか？　じゃあ、やるよ！　ほら、一ルーブリ……ほら、もうひとつ……二十コペイカ玉だ……五コペイカ玉少々……二コペイカ銀貨少々……これで全部だ！

サーチン　まあいいだろ！　おれが持ってりゃ、もっとまとまった金にならあ……これで勝ってやらあ……

メドヴェージェフ　おれが、証人だ……金は預けられた……金額はいくらだ？

ブブノフ　おめえが？　おめえはラクダじゃねえか……おれらに証人なんかいらねえ……

アリョーシカ（裸足で入ってくる）兄弟！　おいら、足を濡らしちまった！

ブブノフ　まあ、こっちへ来い、のどを濡らすんだ……それでいい！　おめえは可愛いやつだ……おめえは唄も歌えるし、楽器も弾ける、そりゃ、立派なもんだ！　だがな、飲むのはやめとけよ！　おめえ、そりゃ毒だぞ……酒は毒だぞ！

アリョーシカ　あんたを見てりゃわかるさ！　だけど、あんたは酔っ払ってるときだけ、人間らしいね……クレーシィ！　アコーディオン、直してくれたか？（足踏みをして踊りながら歌う）

「ああ、もしも、おいらの顔が
美しくなかったなら、
おばさん、おいらを
こうまで愛しはしなかったろう！」

兄弟、おいら、悪寒がする！　さむいよう！

メドヴェージェフ　ふむ……そのおばさんってのは誰なんだ？　聞かせてもらおうじゃないか！

ブブノフ　よせよ！　おめえはもうぺーぺーだぞ！　もうおまわりじゃねえんだ……おしまいさ！　おまわりでもねえし、この家の叔父さんでもねえ……

アリョーシカ　ただ、おばはんの亭主ってだけさ！

ブブノフ　おめえの姪のひとりは監獄で、もうひとりは死にかけてる……

メドヴェージェフ（高慢に）嘘つくな！　あいつは死にかけてなんかいないよ、行方が分からないだけだ！

サーチン、大声で笑う。

ブブノフ　同じことさ、兄弟！　姪がいないやつは、叔父じゃねえ！

アリョーシカ　閣下！　用なし人間、窓際族！

「おばさん、金持ち
おいら、文無し
だけども、おいらは
陽気な若者

だけども、おいらは
いい男」

寒いなあ！

クリヴォイ・ゾブ、登場。そのあと、この幕の終わりまでに、さらに数人の男たちと女たちが登場。彼らは服を脱いで、板寝床で横になって、何やら呟く。

クリヴォイ・ゾブ　おい、ブブノフ！　おめえ、なんで逃げ出したんだ？

ブブノフ　まあ、こっちに来い！　すわれや……一緒に歌おうや……おれの好きなやつを……なあ？

ダッタン人　夜中、寝ないと、ダメ！　歌は、昼間、歌う！

サーチン　なあに、大丈夫さ、公爵どん！　おめえ、こっちに来いよ！

ダッタン人　なんで、大丈夫？　うるさいよ……歌うたう……うるさい……

ブブノフ　（ダッタン人のほうに歩いていって）公爵どん！　手はどうした？　切られちまったか？

ダッタン人　なんで？　ちょっと待て……もしかして、切らなくていい……手、鉄じゃない……切るの、簡単ね……

クリヴォイ・ゾブ　困ったことになったな、アサン！　手がなくなっちまったら、おめえは用なしだ！　おれらの仕事は両手と背中が資本だからな……手がなけりゃ、人間もいねえのと同じさ！　まずいことになったな！　こっちに来て、ウォッカでも飲みな！　……それしかねえや！

クヴァシニャ（登場）あー、親愛なる住民のみなさん！　外はねえ、外といったらねえ！　寒くって、ひどいぬかるみさ……あたしのおまわりさんはここにいる？　だんなさま！

メドヴェージェフ　ここにいるぞ！

クヴァシニャ　また、あたしのジャケット引っ張り出してる。まるでおまえさんは……すこーし、そのう、何かい？　いったい、どういうつもりなんだい？

メドヴェージェフ　名の日のお祝いにちなんで……ブブノフのために……それに寒くて、道はぬかるんでる……

クヴァシニャ　あたしを見てごらん……どろんこだよ！　遊んでないで、帰って寝たら……

メドヴェージェフ（台所に立ち去る）寝てもいいな……眠いよ……もう帰る時間だな！

サーチン　おめえ、なんだって……亭主にそう厳しくするんだ？

クヴァシニャ　こうしなきゃ駄目なんだよ、おまえさん……あの手の男は厳しくしとかなきゃね。あの人と一緒になったのは、何か得をするかと思ったからなのさ。あの人は警官だったしね。ところが、あんたたときたら乱暴で……あたしはか弱い女……あの人にまで飲まれちゃ、あたしゃお手上げだよ！

サーチン　おめえ、相手を間違えたな……

クヴァシニャ　そんなことないよ……いい方さ……あんたはあたしと一緒に住みたいとは思わないだろうし……あんたはそういう人だからね！　それに一緒に住んだところで一週間と持ちゃしないよ……博打であたしの身ぐるみ、すっかり剝いじまうだろ！

サーチン　（大声で笑う）そのとおりだな、おかみさん！　身ぐるみ剝いじまうよ。

クヴァシニャ　それに、ほら！　アリョーシカ！

アリョーシカ　ここにいるよ、このとおり！

クヴァシニャ　おまえ、何あたしのことしゃべくってんのさ？

アリョーシカ　おいらがか？　なにもかもさ！　なにもかも正直に。こんなふうに言ってるさ。さあさあ、すげえ女だ！　驚くべき女だ！　肉と脂肪と骨は百六十キロ以上もあるのに、脳みその方は五グラムもありゃしないってな！

クヴァシニャ　何さ、そんな嘘八百！　あたしの脳みそはあり余ってんだからね……そうじゃなくて、なんだっておまえ、あたしがうちのおまわりさんを殴ってる、なんて言い触らすんだ？

アリョーシカ　おばさんがあいつの髪の毛ひっつかんだとき、殴ったように見えたんだ……

クヴァシニャ　（笑う）バーカ！　見て見ぬ振りすりゃいいのに。なんだって内輪のゴミを外へ持ち出すんだい？　そりゃあ、うちの人だって腹が立つさ……おまえのおしゃべりのせいでうちの人、飲むようになっちまったんだからね……

アリョーシカ　てことは、鶏みたいなやつでも酒を飲むってのは本当なんだな！

サーチンとクレーシィ、大声で笑う。

クヴァシニャ　もう、ひやかしやがって！　おまえはいったいどういう人間なんだ、アリョーシカ？

アリョーシカ　おいら、一流の人間さ！　なんだって上手にこなせる！　目の向く方へ、気の向くままに、ゆらりゆらりと流れていくのさ！

ブブノフ（ダッタン人の板寝床のそばで）行こうぜ！　どうせ寝かせてもらえねえんだ！　歌をうたおう……夜を徹して！　ゾブ！

クリヴォイ・ゾブ　歌うのか？　いいのか？

アリョーシカ　おいらが、伴奏してやらあ！

サーチン　聴こうじゃないか！

ダッタン人（ほほえみながら）さあ、悪魔のブブナ……ワイン持ってこい！　飲めや、騒げや、死ぬとき来たら、一緒に死ねよ！

ブブノフ　こいつに注いでやれ、サーチン！　ゾブ、すわれや！　おい、兄弟！　人間、足るを知るべし！　そら、おれは酒が飲めれば、それで嬉しいんだ！　ゾブ！……やれよ、例の得意なやつを……おれも歌って……泣くんだ！

クリヴォイ・ゾブ（歌いはじめる）

「明けても暮れても」

ブブノフ（続ける）

「牢屋は暗い！」

戸が素早く開く。

男爵（敷居のところに立ったまま叫ぶ）おーい……みんな！　来いよ、ちょっと来てくれよ！　空き地で……あっちで……俳優が……首をくっちまった！

沈黙。みんな、男爵を見る。男爵の背後からナスチャが現われ、大きく目を見開いたまま、ゆっくりとテーブルのほうに歩いていく。

サーチン（静かな声で）ちぇっ……せっかくの歌を台無しにしやがって……バッキャロー！

―幕―

訳者あとがき

作家の人生には紆余曲折がつきものとはいえ、マクシム・ゴーリキー（一八六八—一九三六）ほど浮き沈みの激しい、波乱万丈の生涯を送った作家も、滅多にいないだろう。三歳のときに父親をコレラで失い、再婚した母親も十一歳のときに他界。育ててくれていた染物屋の祖父がその年に倒産したため、十一歳から自活を余儀なくされる。ロシア社会のどん底で使用人、皿洗い、パン屋など職業を転々とし、自殺未遂や逮捕・投獄なども経験する。しかし、十九世紀末には外国でも作品が発表される人気作家となる。革命後ボリシェヴィキ政権との折り合いが悪く、レーニンからの勧告もあって外国での生活を余儀なくされるが、やがて帰国し、ソビエト作家同盟の議長となってソビエト文壇の最高峰に昇りつめる。

マクシム・ゴーリキーはペンネームで（本名はアレクセイ・ペシュコフ）、マクシムは父親と生後すぐに亡くなった弟の名前だが、ゴーリキーは自分の息子もマクシムと名づけた。それはおそらく、早世した父への愛と親子の絆を意識してのことだろう。しかしゴーリキーは人生の初めに父を失っただけでなく、人生の終わりにも息子マクシムに先立たれた（娘のカーチャもゴーリキーが三十八歳のときに死去）。ゴーリキーはロシア語で「苦い、辛い」という意味の形容詞だが、彼は人生の苦さを認識し、その後の辛い運命を予見して、このようなペンネームを選んだかのようだ。

ゴーリキーは一九〇一年冬から一九〇二年夏にかけて『どん底』を書き上げた。この戯曲は『太陽なし』『夜の宿』『底』『人生のどん底で』と何度も題名が変わり、最後に作家アンドレーエフやモスクワ芸術座の演出家ネミロヴィチ＝ダンチェンコの助言に従って『どん底』という題名になった。一九〇三年にズナーニエ社からこの『どん底』が出版されると、たちまち十万部が飛ぶように売れた。

『どん底』の登場人物たちはゴーリキーの実生活における観察と体験の中から、作家の創造のフィルターにかけられつつ生まれ出てきた。ほとんどの登場人物にモデルがいる。たとえば、俳優（今までは「役者」と訳されてきた）のモデルは飲酒で身を持ち崩した実在の俳優で、いつも五コペイカを所望しては、恵んでくれた人の手に接吻したり、詩を朗読したりしていた。サーチンのモデルは、公金を使い込んだ妹の夫にお金を工面してやったのに逆に中傷され、逆上して妹の夫を殺してしまったという男だ。世界演劇に多大な影響を与えたスタニスラフスキーがゴーリキーから聞いた話によると、この男は流刑地から帰ってくると物乞いを始め、その絵に描いたようなロマンティックな容貌ゆえに、ご婦人方からたくさんの施しを受けていたということだ。

『どん底』の住人たちは、晴れやかな過去を失い、重苦しい過去のみを引き摺って虐げられたまま社会に受け容れられない人びと、あるいは自ら社会生活を拒否した人びとである。ひとりひとりの人物が自らの「どん底」の中で喘ぎ、それぞれの問題を抱えているが、すべての人物を覆い込む巨大な、深い「どん底」の存在が感じられる。

『どん底』には、「人間とは何か」「真実とは何か」「良心とは何か」といった根源的な問いかけが存在する。真実も、嘘も多様な意味を帯び、人物たちのセリフの中で交錯し、ときには混沌として混乱を招く。ルカの優しい、真実であってほしいと思わせる言葉も、燦かしく金字塔のごとく聳えるサーチンの人間讃歌の言葉も、結局は人を救うことができない。それでも、耳に残る言葉、それなのにどん底の暗闇に虚しく消えていくかのような言葉。救いはどこにもなく、問題は永遠に解決されないのだろうか？

学生時代『どん底』を読んだとき、ルカのセリフが心から離れなかった。「人に良いことをしてやらなかったってことは、悪いことをしたのと同じだ」「信じるなら神は存在する。信じなければ存在しない。何だって信じれば存在するんだ」などなど。

ルカは木賃宿の住人たちを慰め、助言を与える。しかし、住人たちの中にはそれを「嘘」と捉える者もいれば、優しさや思いやりとして受け留める者もいた。ルカという存在、ルカの言葉はロシアでも、つねに論争を呼び起こしてきた。ルカの言葉は人を惑わすだけの気休め、あるいは単なる慰めだろうか、それとも落ちぶれた人に希望を与えようとする真摯な言葉なのだろうか？　ルカについて考えると、一人の人間の心の中にも論争が繰り広げられるに違いない。その時代、時代によっても、その人の健康状態、生活状況、精神状態、気分、心の在り方、考え方などによっても、ルカの言葉に対する受け留め方は刻々と変わっていく。だからこそ、『どん底』は人生の中で何度も出逢いたい戯曲であり続けるのだ。

この戯曲の最も重要なキーワード「真実」はさまざまな意味を持つ。「本当のこと」という基本的な意味、「現実」や「事実」とほとんど同義語の「真実」、隠蔽されたものの奥に潜む「真実」、正義を貫いた人を救いうる「真実」、目を逸らしていたいけれど凝視しなければならない「真実」、人を正しい道に導いてくれる「真実」。ソビエト時代、虚偽のプロパガンダが飛び交っていたとき、人びとは体制を批判する演出家リュビーモフが率いるタガンカ劇場に「真実」の声を聞きに行った。サーチンが「人間――これこそが真実だ」と高らかに叫ぶとき、「真実」という言葉は真珠のごとき耀きを放つ。

ルカは人を慰めたり、励ましたりするとき、嘘をつこうとしたのではなく、「希望の種」を撒き、その萌芽を祈ったに違いない。しかし、登場人物の誰ひとりとして、ルカの言葉で真に救われることはなかった。俳優にとっては逆に、ルカの言葉が自殺のきっかけにさえなった。が、それは、俳優が「自分を信じる」ことができなかったからではないだろうか。アル中を無料で治療する病院や「真実の国」のような、この世に存在しない理想を信じるのではなく、自らを信じ、ペーペルが言うように「自分で自分を尊敬できるような生き方」をする不断の努力によってしか、人は救われないのだろう。ゴーリキーはそのように生きたくても、そのようには生きられない人びとを描いた。

それはなぜか？　その答えは読者のひとりひとり、観客のひとりひとりが探すのだ。

一九〇二年、『どん底』はモスクワ芸術座で初演された。サーチンを演じたスタニスラフスキーは、役作りのために俳優たちを引き連れて浮浪者たちが住む泥棒市場を訪れるほど、この舞台に情熱を注いだ。同行した画家が浮浪者の持っている絵をけなしたのをきっかけに彼らの怒りを買い、暴行を受けそうになるという一幕もあった。しかし、そのような身を危険に晒した体験が効を奏し、スタニスラフスキー以外にもモスクヴィン、カチャーロフ、チェーホフ夫人のクニッペルといった錚々たる俳優陣が演じた舞台は、空前の大成功を収めた。新劇の創始者、小山内薫がこの『どん底』を見て、それを参考に一九一〇年に自由劇場でこの芝居を上演したのも有名な話だ。

『どん底』は今のロシアでもよく上演されるが、一九九〇年代、資本主義が軌道に乗らない混乱の移行期に『どん底』の公演が相次いだ。ユーゴザーパド劇場で今は亡きベリャコーヴィチが演出した『どん底』は、戯曲が持つ重苦しいテーマと、そこかしこに鏤《ちりば》められた軽やかなブラック・ユーモアを独自の方法で表現する秀逸な舞台だった。青い照明がまるで深海のどん底のように舞台を覆い、そこに一見、天使のように見える白い衣裳をまとった木賃宿の住人たちが、孤独な姿を浮かび上がらせていた。どん底に落ちる前の人生が夢なのか、落ちた後の今が夢なのか、それともその両方が夢なのか？　立ち並ぶ二段ベッドの下の段で俳優たちが一斉に寝ては起き、寝ては起きと左右に移動して自分たちの身体で大きな波をつくりはじめると、それが彼らを何度も何度もどん底へと押し返す運命の波を象徴しているようにも見えてきた。音楽が圧倒的な存在感を放つ舞台で、サーチンが「人間――じつに素晴らしい、何て誇り高い響きだろう」と高らかに叫ぶとき、映画『コロンブス』の音楽がこのセリフをさらに昂揚感のあるものにしていた。

あの当時も、今も、ロシアの人たちは『どん底』の登場人物たちのセリフと似たようなことを話す。人生について語らずにはいられない人びとが生きる国ロシアでは、浮浪者たちも、人間はいかに生きるべきか、について語り合う。『どん底』はまさにロシアの生活の中から生まれ出た戯曲なのだ。そして、『どん底』が提起している問題は今を生きる日本の私たちにも決して無関係ではない。私たちひとりひとりにも、さまざまな形で「どん底」が存在すると同時に、今は地球全体を覆う深刻な「どん底」が私たちの運命に影を落としている時代なのではないだろうか？「どん底」と共生することこそが、生きるということなのかもしれない。

今回、私は新国立劇場での上演（二〇一九年十月）のために『どん底』を翻訳した。私に翻訳を勧め、共に上演台本を作成する作業のなかで数々の貴重な意見、示唆をくださった演出家の五戸真理枝氏に心から感謝したい。

翻訳は一九八六年にモスクワの芸術出版から刊行されたゴーリキー選集を底本とした。また、訳出に際しては神西清氏、野崎韶夫氏、中村白葉氏、佐藤純一氏、工藤幸雄氏の翻訳を参考にさせていただいた。登場人物の名前の表記に関しては諸氏を参考にしつつ、私自身のイメージで表記を変えたものもある。

原文の難しい箇所を懇切丁寧に教えてくださった演出家のナターリヤ・イワノワ先生、たくさんの適切な助言をくださった群像社の島田進矢氏にも、この場を借りて心からお礼申し上げたい。

最後に、私の『どん底』の翻訳を読んでくださった読者の方々、そして百年以上前、ロシアの地で『どん底』を書いたゴーリキーにも、ここに感謝の気持ちを捧げたい。

安達紀子

二〇一九年（令和元年）八月二十三日

マクシム・ゴーリキー

（1868～1936）

本名アレクセイ・ペシュコフ。ニージニ・ノヴゴロド生まれ。幼いころに両親が亡くなり11歳から働きはじめ様々な職業を転々としながら国内を放浪、革命運動に関わって何度か逮捕や投獄も経験した。24歳で最初の作品を発表、その後作家として文名を高めてゆき、1902年には『どん底』をモスクワ芸術座が上演して大きな反響を呼び、出版された本の売り上げも10万部を超えた。1917年の革命後はボリシェヴィキ政権と対立して国外に移住したが1933年には帰国、社会主義リアリズムを主導し作家同盟の初代議長もつとめるなどソ連を代表する作家となった。そのためソ連消滅とともに過去の作家とされた時期もあったが、『どん底』はロシアで上演され続けた。日本でも2019年に新演出の上演や中短編集の新訳刊行があり、貧富の二極化がすすむ時代に読み返される作家になっている。

訳者　安達紀子（あだち のりこ）

ロシア文学・ロシア演劇。早稲田大学大学院文学研究科博士課程（露文専攻）満期退学。朝日新聞モスクワ支局勤務などを経て、早稲田大学、慶應外語講師。著書に『モスクワ狂詩曲』『モスクワ綺想曲』（小野梓芸術賞）『ロシア　春のソナタ、秋のワルツ』（すべて新評論）、訳書にチェーホフ『三人姉妹』（群像社）、共訳書にスタニスラフスキー『俳優の仕事』（未来社、日本翻訳出版文化賞）などがある。1999年、ロシア文化省よりプーシキン記念メダルを授与される。

ロシア名作ライブラリー13
どん底《ぞこ》

2019年10月1日　初版第1刷発行

著　者　ゴーリキー
訳　者　安達紀子

発行人　島田進矢
発行所　株式会社 群 像 社
神奈川県横浜市南区中里1-9-31 〒232-0063
電話／FAX 045-270-5889　郵便振替　00150-4-547777
ホームページ http://gunzosha.com　Eメール info@gunzosha.com
印刷・製本　モリモト印刷

カバーデザイン　寺尾眞紀

Максим Горький
На дне

Maksim Gor'kii
Na dne

© Translated by Noriko Adachi, 2019

ISBN978-4-910100-00-5
万一落丁乱丁の場合は送料小社負担でお取り替えいたします。

検察官　五幕の喜劇

ゴーゴリ　船木裕訳　長年の不正と賄賂にどっぷりつかった地方の市に中央官庁から監査が入った。市長をはじめ町の権力者は大あわて、役人を接待攻勢でごまかして保身をはかる…。役人と不正というロシアの現実が世界共通のテーマとなった代表作。訳注なしで読みやすい新訳版。　ISBN4-905821-21-5　1000円

結　婚　二幕のまったくありそうにない出来事

ゴーゴリ　堀江新二訳　独身生活の悲哀をかこつ中年役人とそれをなんとか結婚させようとするおせっかいな友人。無理やり連れていった花嫁候補の家では五人の男が鉢合せして集団見合い、さてその結果やいかに。訳注なしで読みやすい新訳版。

ISBN4-905821-22-3　800円

かもめ　四幕の喜劇

チェーホフ　堀江新二訳　作家をめざして日々思い悩む青年コースチャと女優を夢見て人気作家に思いを寄せる田舎の娘ニーナ。時代の変わり目で自信をなくしていく大人社会とすれちがう若者の愛。チェーホフ戯曲の頂点に立つ名作を、声に出して分かる日本語にした新訳。　ISBN4-905821-24-X　900円

三人姉妹　四幕のドラマ

チェーホフ　安達紀子訳　世の中の波から取り残された田舎暮らしのなかで首都モスクワへ返り咲く日を夢見つつ、日に日にバラ色の幸せから遠ざかっていく姉妹。絶望の一歩手前で永遠に立ち尽くす姿がいつまでも心に残る名戯曲を新訳。　ISBN4-905821-24-X　1000円

結婚、結婚、結婚！　熊／結婚申込／結婚披露宴

チェーホフ　牧原純・福田善之 共訳　40過ぎまで「結婚しない男」だったチェーホフが20代の終わりに書いた結婚をめぐる１幕劇３作。「結婚申込」は劇作家・演出家と共訳で強烈な方言訳、斬新な翻訳でチェーホフ劇の面白さを倍増させた新編。

ISBN4-903619-01-X　800円

価格は税別

さくらんぼ畑　四幕の喜劇

チェーホフ　堀江新二/ニーナ・アナーリナ共訳　長い間、生活と心の支えとなっていた領地のさくらんぼ畑の売却を迫られる家族…。未来の人間の運命に希望をもちながら目の前の不安定な人たちの日々のふるまいを描き、「桜の園」として親しまれてきた代表作を題名も一新して現代の読者に届ける。 ISBN978-4-903619-28-6　900円

カフカースのとりこ

トルストイ　青木明子訳　文豪とよばれた作家は自分で猟や農作業をしながら動植物の不思議な力に驚き、小さな世界でさまざまな発見をしていた。その体験をもとに書かれた自然の驚異をめぐる子供向けの短編の数々と、長年の戦地カフカース（コーカサス）での従軍体験をもとに書かれた中編を新訳。ISBN978-4-903619-14-9　1000円

分　身　あるいはわが小ロシアの夕べ

ポゴレーリスキイ　栗原成郎訳　孤独に暮らす男の前に自分の《分身》が現れ、深夜の対話が始まった。男が書いた小説は分身に批評され、分身は人間の知能を分析し、猿に育てられた友人の話を物語る…。ドイツ・ロマン派の文学を取り込み19世紀ロシア文学の新しい世界を切りひらいた作家の代表作。ISBN978-4-903619-38-5　1000円

ソモフの妖怪物語

田辺佐保子訳　ロシア文化発祥の地ウクライナでは広大な森の奥にも川や湖の水底にもさまざまな魔物が潜み、禿げ山では魔女が集まって夜の宴を開いていると信じられていた。そんな妖怪たちの姿をプーシキンやゴーゴリに先駆けて小説に仕上げたロシア幻想文学の原点。
ISBN978-4-903619-56-9　2000円

ふたつの生

カロリーナ・パヴロワ　田辺佐保子訳　理想の男性を追い求める若い貴族の令嬢たちと娘の将来の安定を保証する結婚を願って画策する母親たち。19世紀の女性詩人が定番の恋物語の枠を越えて描いた〈愛と結婚〉。
ISBN978-4-903619-56-9　2000円

価格は税別

集中治療室の手紙

チラーキ　高柳聡子訳　移民の集まるベルリンの病院で生死の定まらない人たちを訪ねてまわるマリア。振り返る人生はどれも成功に満ちてはいないのに患者たちとマリアが織りなす会話から共感の糸が見えてくる。越境ロシア語劇作家がつくる新しい言葉の空間。

ISBN978-4-903619-98-9　1800円

ジャンナ

ガーリン　堀江新二訳　学者の未亡人ジャンナを世話する若者は別の二人の老人にも同じように尽くし、実の子以上にかわいがられていた。老人たちはそれぞれにこの愛すべき若者に遺産をすべてゆずろうと遺書をしたためていたのだが…高齢化社会で変わっていく人間関係を浮き彫りにする現代戯曲。

ISBN4-905821-68-1　1300円

アレクサンドル・プーシキン／バトゥーム

ブルガーコフ　石原公道訳　社交界の花だった妻をめぐるトラブルから決闘で死んだロシアの国民的詩人プーシキンの周囲にうごめく人びとのドラマと、若きスターリンを主人公に地方都市バトゥームでの労働運動を描いて最終的に上演を許可されなかった最後の戯曲を新訳。

ISBN978-4-903619-15-6　1500円

アダムとイヴ／至福郷

ブルガーコフ　石原公道訳　毒ガスを使った世界戦争が勃発したあと、わずかに生き残った人間たちは何を選択するのか？　タイムマシーンで23世紀の理想社会に迷い込んだ人間たちが巻き起こした混乱から脱出する試みは成功するのか？　ブルガーコフが描く二つの未来劇。

ISBN978-4-903619-31-6　1500円

猫の町

ナリ・ポドリスキイ　津和田美佳訳　猫の記念碑が建てられるほど猫をこよなく愛していた町で人間が猫に襲われ猫インフルエンザのウィルスが見つかると、町は検疫で封鎖され町の住人は猫殺しにはしりはじめた…。感染パニックにおちいる現代社会を30年前に予見していたミステリー小説。

ISBN978-4-903619-17-0　1500円

群像社ライブラリー

右ハンドル

アフチェンコ　河尾基訳　大量の日本の中古車が左ハンドルの国ロシアで生き返り極東の人々の生活に溶け込んで愛されていた。だが中央政府の圧力で次第に生きる場を失っていく日本車。右ハンドルと共に生きたウラジオストクの運命を地元作家が語るドキュメンタリー小説。

ISBN978-4-903619-88-0　2000円

駐露全権公使 **榎本武揚** ㊤㊦

カリキンスキイ　藤田葵 訳　領土交渉でロシアに向かう榎本武揚と若いロシア人将校の間に生まれた友情は日露関係を変えられるのか。旧幕府軍の指揮官から明治新政府の要人へと数奇な人生を送った榎本に惚れ込んだロシアの現代作家が描く長編外交サスペンス。

上巻 ISBN4-905821-81-1／下巻 ISBN4-905821-82-8　各1600円

ケヴォングの嫁取り　サハリン・ニヴフの物語

サンギ　田原佑子 訳　川の恵みで繁栄していた時代は遠くなり小さな家族になったケヴォングの一族。ロシアから押し寄せる資本主義の波にのまれて生活環境が大きく変わっていく中で人びとの嫁取りの伝統も壊れていく。サハリン先住民の作家が民族の運命を見つめた長編ドラマ。

ISBN978-4-903619-56-9　2000円

出身国

バーキン　秋草俊一郎 訳　肉体的にも精神的にも損なわれた男たちの虚栄心、被害妄想、破壊衝動、孤立と傲慢……。それは現代人の癒しがたい病なのか。文学賞の授賞式にも姿をみせず、沈黙の作家といわれたまま50代前半でこの世を去った作家の濃厚な短篇集。

ISBN978-4-903619-51-4　1900円

寝台特急 **黄色い矢**

ペレーヴィン　中村唯史・岩本和久訳　子供の頃にベッドから見た部屋の記憶は世界の始まり。現実はいつも幻想と隣り合わせ。私たちが生きているこの世界は現実か幻想か。死んだ者だけが降りることのできる寝台特急に読者を乗せて疾走するペレーヴィンの初期中短編集。

ISBN978-4-903619-24-8　1800円

価格は税別